BEN WALDSTEIN

MEIN ERSTER NEUNTAUSENDER

Ein Zwischenfall am Teilchenbeschleuniger des CERN riss die Raumzeit auf.

Ein neuer Ort mit einem riesigen Gebirge erhob sich.

Hallamabulah, mit über 9.600 Metern der neue höchste Berg der Erde.

Reinhard Mammut bricht zu einer riskanten Expedition auf.

Viel Unglaubliches wird er auf dem Weg zum Gipfel erleben.

Doch kann dieser Mann das überhaupt schaffen?

Nun hat er seine sorgfältig geführten Tagebücher veröffentlicht: privat, authentisch, ungestellt und unbeschönigt
 – meint er.

Eine abenteuerliche phantastische Reise zum Gipfel des Hallamabulah.

Ein Roman.

Mein erster Neuntausender

Reinhard Mammut bezwingt den Hallamabulah

Von Ben Waldstein

Bibliografische Information der Deutschen Nationalbibliothek:
Die Deutsche Nationalbibliothek verzeichnet diese Publikation
in der Deutschen Nationalbibliografie, detaillierte bibliografische
Daten sind im Internet über http://dnb.dnb.de abrufbar.

Herstellung und Verlag:
BoD – Books on Demand, Norderstedt

ISBN: 9783748178774

»Heb ab, hinauf,

dem Himmel so nah;

zum Zauberberge,

dem Hallamabulah.«

Dieses Buch widme ich allen, die aufbrachen und sich auf einen Weg mit festem Ziel machten.

Egal, wohin wir im Leben gehen, wir bleiben doch stets am gleichen Ort: in unserem Körper.

Jeder Weg ist damit zugleich ein innerer.

Egal wo. Und immer nur im Jetzt.

Inhaltsverzeichnis

Vorwort des Autors

Ich halte dieses Abenteuer-Tagebuch in den Händen, genau wie Sie jetzt. Ich blättere durch...

»

Es ging vieles schief!
Ich sitze wieder in Lager 2. Tschinga versucht das defekte Zelt in Ordnung zu bringen. Der Wind und frischer Schnee pfeifen ihm um die Ohren, gelegentlich weht etwas davon hinein.
Neben mir jammert Schrödinger, ich halte immer wieder seine Hand. Ich muss die Zusammenfassung der letzten Ereignisse daher kurz halten:

«

Einige Seiten weiter...

»

Einige Meter vom Hallamabulah entfernt, konnte ich den Berg aus einer anderen Perspektive betrachten.
Meiner! Ich habe ihn angeleckt, jetzt gehört er mir, dachte ich leise.
Mein Abenteuer wird mich zum Gipfel tragen.
Wenn ich Lager 4 heute noch erreichte, war ich fast an der 7.000 Meter-Grenze. Dort begann bereits die

Todeszone, wo ein längerer Aufenthalt nicht überlebt werden kann. Der weitere Weg bis zu über 9.500 Metern wird dann die größte Herausforderung darstellen.

Das sind viele Erlebnisse und Abenteuer auf den folgenden Seiten. Dabei war es nur eine fixe Idee nach einem Wanderurlaub in Südtirol 2016:

Eine kleine Abenteuerparodie in den Bergen, als winzige Kurzgeschichte mit witzigen Bildern in Tagebuchform – an der Grenze des Möglichen.

Geschichten entwickeln jedoch ihr Eigenleben, mehr Inhalt und schreien nach zusätzlichen Zeitfenstern für die Niederschrift. Ich erhörte diesen Ruf, gab der Story ihre Zeit, während die Protagonisten mehr Tiefgang entwickelten und sich verselbständigten.

Durch die Tagebuchform findet alles erst noch statt. Ziehen Sie sich warm an und begleiten Sie Reinhard »live« auf seine abenteuerliche Reise auf den Hallamabulah-Berg.

Ich wünsche Ihnen viel Spaß mit dem vorliegenden Roman.

Ben Waldstein

Februar 2019

Prolog

23. Dezember 2012

Erst polterte es in der Küche, dann hörte ich das Zerbersten von Glas.

Meine Frau fluchte, schwankte bekleckert und betrunken ins Wohnzimmer, dabei murmelte sie irgendwelche Fluchformeln vor sich hin. Diese waren aber nicht physikalischer Natur, das kann ich von Berufswegen her versichern.

Weihnachten as usual.

Es wird die nächsten Tage noch schlimmer kommen. Ein schwerer Schicksalsschlag jährt sich erneut. Vor allem zum Weihnachtsfest schlägt dies emotional gleich doppelt zu.

Doch da ist noch diese andere Sache.

Vor zwei Tagen geschah das Unglück am Teilchenbeschleuniger im CERN. Seitdem ist die Welt anders, als wir sie vorher kannten.

Irgendetwas ging dabei in der Raumzeit kaputt. Die Nachrichten kennen nur noch das eine Thema. Verstehen kann es bisher niemand.

In der Nähe des Teilchenbeschleunigers, nahe Genf, tauchte dieser Berg auf. Er scheint physisch noch instabil zu sein.

Als Physiker fasziniert mich das unheimlich. Ich verschlinge alles zu diesem Thema und will verstehen, was da passiert.

Zugleich wird noch eine andere Seite in mir wach. Ich kann nicht genau sagen, was das ist. Ich weiß nur, dieser Berg zieht mich magisch an.

1

Ein vergilbter alter staubiger Brief aus Reinhards Archiv-Kiste.

An: Ferienlager Kinderfroh
z. Hd. Reinhard Mammut, Gruppe 5

13. August 1974

Mein werter kleiner Reinhard,

deine liebe Oma Inge überbringt dir viele Grüße.
Genießt du die Zeit im Ferienlager? Spielst du mit den
anderen Kindern, ohne wieder eines davon zu verdreschen?
Hast du endlich aufgehört Berge und Ziegen zu malen?
Ihr habt bestimmt schönes Wetter! Iß immer fein auf! Und
bitte denk daran: Abends, wenn es frisch wird, den Anorak
anzuziehen, den ich dir letztes Weihnachten geschenkt
habe.
Ich habe dir 5 Mark in den Brief beigelegt. Kauf dir davon
ein schönes Taschenmesser. In dem angrenzenden Wald
eures Ferienlagers könnt ihr damit Holz schnitzen.

Herzlich deine Oma Inge.

*

13. Januar 2016

Aus welchem Holz bin ich wohl geschnitzt?
Seltsam, da muss ich an meine Erfahrung im Ferienlager denken. Ich war 8 Jahre alt und kaufte mir von Omas Geld ein Messer. Sie glauben gar nicht, was für einen Ärger das gab. Als kleiner Raufbold – wobei man mich als Zweitgrößten in der Klasse nicht als *klein* betiteln sollte – bedrohlich mit dem Messer in der Hand. Neben Standpauken, Lagerarrest und einen Tadel, gab es in den darauffolgenden Wochen noch einige Sitzungen beim Schulpsychologen. Und warum? Weil ich auf andere gehört habe. Nun treffe ich Entscheidungen alleine! Sogar zwangsweise, nachdem meine Frau mich rausgeschmissen hat. Ich habe ein Ziel, davon wird die Nachwelt noch erzählen.

*

Seit einigen Wochen wohne ich in einer Einraumwohnung. Es ist öde und trist, nach all den Jahren wieder allein zu sein. Doch es gibt endlich ein Ziel.
Mein tollkühnes Vorhaben grenzt fast an Selbstmord und wird mich nicht nur körperlich, sondern auch geistig an viele Grenzen bringen.
Der Hallamabulah...
Drei Dutzend Menschen hatten sich bisher vergebens an dem neuen Berg versucht und zahlten mit ihrem Leben. Die Dunkelziffer scheint weit höher zu liegen, von der Hellziffer ganz zu schweigen.

Mein Ziel: Bis Ende April will ich den Hallamabulahischen Gipfel erreicht haben und sicher zurückgekehrt sein.

Meine Bergsteigererfahrung ist eher gering, aber ich bin vom Erfolg überzeugt. Und das zählt!

Meine Motivation: Ich bin mitten in der Scheidung und habe als Physiker zuviel hinter dem Schreibtisch gesessen. Zudem feierte ich kürzlich meinen 50. Geburtstag, das kann es noch nicht gewesen sein.

Sie verstehen.

*

Nun ist das mit dem Geld so eine Sache. Meine Ersparnisse werden nicht reichen. Das ging jetzt so weit, dass ich den Ferrari verkaufen musste. Diesen Tipp kann ich übrigens an alle, die über Geldnot klagen, weitergeben: Den kostspieligen Sportwagen verscherbeln. Verzicht üben. Sich nur mit einem Benz zufrieden geben.

Der Autoverkauf war ein Anfang für das teure Unterfangen. Man muss sich von Dingen trennen können. Das sagte übrigens auch meine Frau, kurz bevor sie die Scheidung einreichte.

Nichtsdestotrotz habe ich mich auf die Suche nach Sponsoren gemacht. Das war schwieriger als gedacht! Überall lachte man mich aus. Aber das spornte mich nur noch mehr an. Ich werde es allen zeigen!

Nach vielen mühsamen Monaten schaffte ich es, einige Sponsoren für mein gewagtes Vorhaben zu gewinnen.

1) John Dogskin

Die perfekte Kleidung für Outdoor-Abenteuer. Ich darf eine absolute Neuentwicklung ausprobieren, die den Gipfelaufstieg wesentlich erleichtern wird. Neben einigen technischen Finessen besteht die Kleidung aus Polyester und Unschuldslamm. Ohne John Dogskin wäre die Expedition undenkbar, denn durch die eingearbeiteten Heizelemente muss ich nicht so frieren. Es gab eine riesige Anleitung dazu.

2) Bergbestattung Stadler-Lehmann

Das Krematorium war Feuer und Flamme von der Idee der Hallamabulah-Besteigung. Es bestand jedoch darauf, mir die Hälfte des Geldes erst *nach* meiner Wiederkehr zu geben und mich – im Falle ich komme in den Bergen um – als Werbetoter für das Bestattungsunternehmen zur Verfügung zu stellen. Als ich »Auf Wiedersehen« sagte, grinste man nur dämlich zurück.

3) Papst Dominikus

Nirgendwo kommt man zu Fuß näher an den Himmel. Neben dem päpstlichen Segen gab es eine Finanzspritze sowie ein kleines Kreuz, welches ich am Gipfel aufstellen sollte. Ich habe damit einen kirchlichen Auftrag.

4) Meine Frau

Eigentlich Ex-Frau. Als ich ihr mitten im Scheidungsprozess von meiner Idee der Hallamabulah-Besteigung erzählte, lachte sie erst herzlich auf, dann meinte sie: »Wie hoch ist der? Über Neuneinhalbtausend? Und ganz weit weg? Ja klar, zieh endlich los, ich würde dir sogar noch etwas dazu geben...«. Sie war dann auf einmal seltsam irritiert und still, als ich ihr dafür dankte und nach der Summe fragte.

5) Ben Waldstein

Meine Abenteuer sind schön und gut, aber die Welt muss davon erfahren. So greife ich also auf den Autoren Ben Waldstein zurück. Böse Zungen mögen behaupten, ich wäre nur eine seiner Romanfiguren. Aber ich bin echt. Hier sitze ich und schreibe. Ich kann nicht anders. Ich schreibe, also bin ich.

*

15. März 2016

Es war alles in Sack und Tüten. Koffer wären besser gewesen, aber die Kraxe muss für die nächsten Monate reichen. Kurz vor dem Berg wird ohnehin durch meine Helfer noch umgepackt. Als letztes Ritual vor der Abreise schärfte ich mein altes Taschenmesser. Wenn Oma Inge das wüsste, dass ich es noch besitze und auf welche Reise es mich begleiten wird.

Es war ein seltsamer Moment, als ich die Einraumwohnung verließ. Nicht wissend, ob ich lebend wieder zurückkehre, aber wohlwissend, dass ich danach nicht mehr derselbe sein würde.

Hatte ich mir das gut überlegt?

Mich plagte eine Mischung aus Vorfreude und dem Gedanken, alles abzublasen und mich auf die Couch vor den Fernseher zu setzen.

Aber es war kein Bier mehr daheim. Ich hätte ohnehin das Haus zum Einkaufen verlassen müssen, da konnte ich auch gleich zum Hallamabulah aufbrechen.

Viel zu viel Geld hatte ich bereits investiert und es war nicht einfach gewesen, an die Genehmigung für die Bergbesteigung zu kommen. Ich gebe zu, dass ich es auch meiner Frau und den Sponsoren beweisen wollte – vor allem jenen, die nicht an mich glaubten. Und ich musste raus. Ganz weit weg...

*

Ich bin froh, dass ich es getan habe. Im Zug denke ich jetzt noch einmal über diesen seltsamen Berg nach.

Über drei Jahre ist es her, als er auftauchte. Ich erinnere mich noch gut daran:

Es war der 21. Dezember 2012, der Tag der Spekulationen um das Ende des großen Maya-Kalender-Zyklus'. Aber statt dem Weltuntergang geschah ein Unglück am Teilchenbeschleuniger des CERN. Das Raum-Zeit-Kontinuum wurde gestört, die Weltmatrix aufgerissen. Plötzlich überlagerte ein neuer Ort die Erde. Nordwestlich von Genf, in unmittelbarer Nähe zum CERN, verschwand der große Wildpark. Stattdessen tauchte dort diese Bergregion auf. Sie flimmerte anfangs, zwischendrin war der Berg kurz verschwunden und der Wildpark wieder sichtbar, bis er endgültig entschwand. War der neue Berg ein Ort aus der Parallelwelt, welcher sich hier auftat? Was wurde aus dem Wildpark mit all der Flora, Fauna und den Menschen? Existierte er in einer anderen Dimension oder war er für immer verloren?

Ein riesiger Medienrummel übergoss sich monatelang um die ganze Welt. Es ging nur noch um den Berg, das Forschungszentrum CERN und dieses unerklärliche physikalische Phänomen.

Bis heute sind sich Physiker darüber uneins. Es ist schwer zu begreifen. Irgendetwas an der Welt ist kaputt gegangen und in Schiefstellung geraten. Sie haben sicher die vielen Nachrichten und Dokumentationen sowie Verschwörungstheorien verfolgt.

Lange Zeit war die Region gesperrt und wurde von außen untersucht. Dieser neue Berg war höher als der Mount Everest und wurde »Hallamabulah« getauft.

Der Teilchenbeschleuniger indes blieb bis heute außer Betrieb und wird nie wieder aktiviert werden.

*

17. März 2016

Von Genf aus ging meine Reise weiter in die hallamabulahische Region. Ich hatte mit einem abgeschotteten Gebiet gerechnet, doch es war nur noch ein kleiner Grenzposten vor Ort. Nach zwei Stunden anstehen zeigte ich meine Papiere und konnte passieren.

Aufgeregt wanderte ich in diese neue Welt hinein. Mein Blick war dabei meist dem Gipfel zugewandt. Fast zehntausend Kilometer ist die Bergspitze vom Meeresspiegel entfernt.

2

+++ TOP SECRET +++

Internes Schreiben des Vatikan

Lieber Pontifex Maximus Dominikus, Heiliger Vater,

wir sind stets in der Annahme, dass Ihr den Willen Gottes verkörpert und ihn umsetzt. Wir schenken Euch unser volles Vertrauen.
Aber...
Bedenkt bitte Eure Entscheidung bezüglich dieses Herrn Reinhard Mammut. Wir sprachen vor einigen Tagen darüber.
Wieso schenken wir diesem Mann unser Vertrauen? Das öffentliche Bild der katholischen Kirche steht dabei auf dem Spiel.
Bitte lasset uns diesen Punkt noch einmal erörtern, hochverehrte Heiligkeit.

Ihr Kardinal Schmöbrödel

*

18. März 2016

In der Kraxe habe ich nur das Nötigste, einschließlich einem kleinen Biwakzelt. Die weitere Ausrüstung wartet im Basislager auf mich. Meine beiden Träger sind wahrscheinlich schon dort.

Das Basislager liegt auf ca. 4.000 Metern Höhe. Ich befinde mich derzeit auf 2.600 Metern über dem Meeresspiegel, die 1.400 Höhenmeter sollten heute locker schaffbar sein - obwohl es jetzt bereits Mittag ist.

Ich bin aufgeregt - vor Freude! Die Vergangenheit und die Zukunft spielen keine Rolle, für mich gibt es nur das Jetzt und den Berg. Ich spüre eine Euphorie und Lebendigkeit. Ich bin voller Mut und sicherer Entschlossenheit, den Gipfel zu erklimmen. Der Himmel ist klar, keine Wolke trübt ihn, besser kann es nicht sein.

Auf geht's!

*

Das Wetter in den Bergen ist unberechenbar! Ich war erst eine Stunde unterwegs gewesen, als das Wetter kippte. Dunkle Wolken zogen in der Ferne auf, sie verfolgten mich und irgendwann ergossen sie sich über mir. Sehr unfair und unsportlich! Es artete dann in dichten Nebel und Starkregen aus, der nicht enden wollte. Teilweise ging es in Schneefall über, ich konnte nur wenige Meter voraus sehen. Aber ich kämpfte mich voran.

Nun sitze ich in einer Felsnische und habe mich etwas erholt. Zum Basislager ist es zwar nicht mehr weit, aber ich werde es heute nicht mehr schaffen. Eine hundert Meter hohe Wand gilt es zu erklimmen. Es gibt zwar einen Umweg, der mir diese Wand erspart hätte, aber zu zeitintensiv gewesen wäre. Hier konnte ich meine Klettertechnik erproben und verbessern. Ich werde hier campieren und morgen aufbrechen, wenn das Wetter hoffentlich besser wird.

*

Die Nacht war bitterkalt. Ich fror unentwegt. Inzwischen bestrahlt die Sonne das Zelt, aber ich friere immer noch. Das Thermometer zeigt 8 ° C.

Peinlich, lieber Reinhard, sehr peinlich! Ich will kein Weichei sein. Ich werde in den nächsten Nächten bei tiefen Minusgraden schlafen müssen... und muss mich daran gewöhnen. Meine John-Dogskin-Kleidung wird immerhin zusätzliche Wärme bringen. Die Sachen haben eingebaute Solarzellen, die Energie kann in Hitze umgewandelt werden. Das wird mir sehr nützlich sein.

Aber jetzt wird es Zeit, zum Basislager aufzubrechen. Mein nächster Tagebucheintrag wird dort erfolgen.

*

Der letzte Abschnitt war wesentlich anstrengender als gedacht! Ich kämpfte mich an der steilen Wand nach oben. Stets in Sorge, dass ein Steinschlag mich treffen könnte. Ich versuchte, immer drei feste Punkte zu finden, an denen ich mich mit Händen und Füßen sicher halten konnte und keine ruckartigen Bewegungen zu machen, sondern in einem flüssigen Ablauf zu bleiben. Sollte ein Halt bröckeln, hatte ich immer noch zwei andere feste Punkte. Nie wollte ich mein Gleichgewicht auf nur eine Stelle komplett verlagern, dann hätten die anderen mich nicht mehr halten können. Während ich nach oben stieg, und teils auch seitlich kletterte, gelangte ich Stück für Stück aufwärts. Das war viel Arbeit in den Armen und Beinen, vor allem meine Waden fühlten sich schnell erschöpft an, trotz der vielen kurzen Pausen.

Ich hatte einen Großteil der Wand zurückgelegt und nur noch wenige Meter zu bezwingen, als der Stein, auf den ich stieg, abbrach. Ich war trotz Schrecksekunde konzentriert und fokussierte mich auf das andere Bein sowie meine rechte Hand, die mich noch stabil hielten.

Mein Herz schlug schneller. Mein Puls pochte.

Ich hörte, wie der Bröckelstein unten aufschlug. Das hätte ich sein können. Ich war jetzt ganz bei mir.

In diesem Moment klingelte mein Telefon. Ungünstiger Zeitpunkt. Mich ruft sonst nie jemand an, es musste mit der Expedition zu tun haben. Gab es Probleme?

Ich rückte mich am Felsen etwas zurecht und lehnte meinen Oberkörper an die steile Wand. So stand ich recht sicher und nahm das Telefon zur Hand.

»Ja?«

»Herr Mammut, schön, dass ich Sie erreiche. Hier ist Otto Freiherr von Löffelbruch.«

Das war mein Scheidungsanwalt mit dem wienerischen Akzent.

»Störe ich Sie gerade?«

Ich wollte ihm von dem Felsen erzählen, an dem ich hing und dass es später besser passen würde, aber er sprach ohne Pause weiter.

»Nein? Gut, es geht hier um die Scheidungssache mit Frau Kerstin Mammut. Sie beansprucht nun auch den Garten für sich. Sie begründet es in ihrem Schreiben damit, dass... ich zitiere kurz...«

»Können wir später....?«

»...'die ganze Gartenarbeit blieb an mir hängen, ich habe alles gepflanzt und gepflegt, während Reinhard dort nur faul rastete und kaum etwas am Garten beigetragen hat...'«

»Herr Löffelbruch, es ist gerade ungünstig, ich raste gerade an einem Felsen.«

»Wie bitte?«

Ich sprach lauter: »ICH RASTE AN EINEM FELSEN!«

Kurze Stille.

»Wollen Sie damit sagen, dass ihre Frau Recht hat? Aber warum denn am Felsen, Herr Mammut?«

»Es tut mir Leid, es geht jetzt nicht, ich rufe später zurück.«

Ich schaute nach unten. Mir schwindelte. Gefährlich am Felsen hängend zu telefonieren war meine Sache nicht.

»Ich soll Ihnen von Ihrer Frau noch ausrichten, dass Sie bitte endlich die neuen Unterlagen unterschreiben. Bitte zögern Sie die Scheidung nicht zusätzlich hinaus. Sie müssen auch mal loslassen können...

Herr Mammut? Hören Sie mich noch? Vertrauen Sie mir, das Leben wird einfacher, wenn Sie endlich loslassen.«

Ich konnte mich nicht mehr lange so halten und legte auf. Loslassen? Garantiert nicht! Beide Beine und meine linke Hand hielten mich. Eine falsche Bewegung und ich würde in die Tiefe stürzen.

Ich konzentrierte mich wieder und nahm mir die letzten Meter nach oben vor. Gleich hatte ich es geschafft. Der letzte Steinbrocken ragte etwas heraus, ich musste ihn mühsam umklettern, nutzte ihn dann als Halt, um mich dort hinauf zu ziehen. Gleich war ich oben. Hier sollte ein Plateau sein. Ich stellte mir vor, wie ich der Erste sein würde, der diesen Ort erkundete, aber das war illusorisch. Es muss noch einige Tausende Meter Höhe dauern, bis ich als erster Mensch Neuland betrete.

Doch als ich oben ankam, gerade mein rechtes Bein hochzog und in die Ferne schaute, war ich überrascht.

Da stand eine Hütte, eine offenbar sehr begehrte Gaststätte mit allerlei Verköstigungen und vielen Menschen. Mir fielen vor allem die Kinder und auch ältere Leute ins Auge. Ein Mann schob einen Rollator vor sich her.

Statt Freude über den Etappensieg machte sich Enttäuschung in mir breit. Aber was hatte ich erwartet? Diese Region war immer begehrter, zumal hiervon keine Gefahr ausging und es touristisch inzwischen sehr schnell erschlossen wurde. Die vielen Leute an der Rasthütte haben offenkundig den gefahrloseren Umweg genommen. Ich erblickte einen kleinen Shuttlebus. Soweit waren wir hier nahe dem Basislager also schon gekommen.

»Entschuldigen Sie, können Sie bitte Platz machen?«

Ich zuckte zusammen und drehte mich um.

Ein Rentnerpärchen kam eben den gleichen Weg wie ich an der Wand hoch. Ich fühlte meine Leistung zunehmend abgewertet.

Ich machte einen Bogen um die Hütte und lief zügig in Richtung Basislager. Es war nicht mehr fern und kaum noch große Steigungen zu erwarten.

Bald müsste ich höher gelegene Gegenden erreichen, die touristisch noch nicht erschlossen sind bis hin zu unerreichten Höhen auf knapp zehn Kilometer Höhe.

Meine Motivation und Euphorie zerplatzte, als ich nach einer Anhöhe das Basislager erblickte. Eine endlose Zahl an Zelten breitete sich vor mir aus, wie ein riesiges Festival. Es wurden weitere Hütten errichtet, der Mensch beginnt sich hier richtig auszubreiten. Die jahrelangen Sorgen, dass dieser Ort wieder verschwinden könnte, hielt die Menschen nicht sehr lange ab.

Ich hoffe, dass unter der Menschenmenge viele Basislager-Touristen sind und nicht alle aufsteigen wollen.

Mithilfe des Telefons hatte ich meine Träger und unser Zelt ausfindig gemacht und schreibe nun bei einem warmen Tee diese Zeilen. Nach meinem ursprünglichen Plan wollte ich einige Tage im Basislager verweilen und die detaillierte Routenplanung vornehmen, doch ich fühle Konkurrenz im Nacken und sollte weit eher aufbrechen. Auf diesen so schnell gewachsenen Massentourismus bin ich nicht vorbereitet. Das muss alles in den letzten Tagen passiert sein.

*

Es ist bereits abends. Ich war durch das Lager gelaufen und hatte aus Angst vor Konkurrenz überall etwas kaputt gemacht.

Nein, hatte ich nicht. Aber ich war wütend und enttäuscht gewesen, jeglicher Motivation beraubt. Hatte jetzt etwa jeder eine Aufstiegsgenehmigung im Gepäck? Was fällt denen ein???

Meine beiden Träger Jin und Yun beruhigten mich etwas. In zwei Tagen stand hier ein großes Fest an, zudem waren für viele Reisende ein paar Routen am Hallamabulah interessant, keineswegs wollten alle selbstmörderisch zum Gipfel stürmen.

Es war unerlässlich, dass ich noch einige Tage zur Akklimatisierung im Basislager verblieb, da ich mich an die Höhe mit dem geringeren Sauerstoff und niedrigerem Luftdruck würde gewöhnen müssen. Andernfalls konnte ich schneller höhenkrank werden. Zu riskant!
Für die Gipfelbesteigung war der Einsatz von Sauerstoffflaschen vorgesehen, doch auch damit musste ich haushalten.
Geplant waren drei Wochen am Basislager mit Wanderungen und Zwischenaufstiegen zu Lager 1 und weiter hinauf. Ich beschließe jetzt, dass anderthalb Wochen reichen müssen.

*

21. März 2016

WUCHER! Das ist die reinste Abzocke, wie die Quittung von meinem Einkauf im Basislager-Shop beweist:

Belegtes Baguette: 5,29 EUR
Espresso to-go: 2,99 EUR
Six-Pack Bieropranen Bräu: 19,99 EUR
Internetfreischaltung Adult-Inhalte für 7 Tage: 89,99 EUR
Taschentücher 10er Set: 4,49 EUR

*

22. März 2016

Mein Kopf...
Es ist bereits Nachmittag.

Gestern war die große Feier.

Es war gut und ich hatte eigentlich auch gar nicht sooo viel getrunken. Glaube ich...

Die Höhe spielt da sicher mit rein. Ja, das wird es sein. Höhenkater ist nichts Schönes.

Ich lege mich wieder hin.

*

23. März 2016

Nachdem es mir heute endlich besser ging und ich eine Wandertour in die nähere Umgebung gemacht habe, nahm ich erneut bei dieser Festveranstaltung teil.

Ich traf Bernd wieder, den ich gestern dort kennenlernte. Er war kräftig und hatte dunkles lockiges Haar sowie einen dichten fetten Vollbart.»Fett« ist dabei wörtlich zu verstehen. Entweder isst er dauernd Schweinshaxe oder nutzt Bartöl. Wir verglichen auch unsere Bärte. Seiner war länger.

Ein sehr geselliger Typ, dieser Bernd. Kein wirklicher Bergsteiger. Er findet nur diesen Ort so faszinierend und treibt sich gern und oft in Aprés-Ski-Hütten rum. Ich verstehe mich sehr gut mit ihm, er scheint auch immer in Gesellschaft zu sein und neue Leute kennenzulernen. Noch wenige Tage und er wird wohl das halbe Lager kennen.

Doch richtig interessant war mein Gespräch mit Eva, die ich heute kennenlernte. Eine etwas aufgedrehte Blondine, aber sehr intelligent.

Auch sie plant, den Hallamabulah zu besteigen, hatte jedoch nicht den Gipfel als Ziel, sondern nur den Weg, soweit er sie führen möge, bevor es zu gefährlich werden würde. Sie rechnete nicht mit der Gipfelbesteigung.

Insgeheim freute ich mich über meine John-Dogskin-Ausrüstung, die ich natürlich verschwieg. Mein Ass im Ärmel, meine Eintrittskarte für den Gipfel.

Als ich die 27-jährige zu Beginn des Abends erstmalig an der Bar sah, erinnerte sie mich an die Kennenlernzeit meiner Frau.

»Ich lebe in Scheidung«, war wohl nicht die beste Art, eine Frau anzusprechen. Es war mir einfach so rausgerutscht, als ich kurz in der Vergangenheit schwelgte.

»Wie bitte?«

Zum Glück hatte sie mich nicht richtig verstanden.

Improvisieren!

»'Es lebe die Steigung', habe ich gesagt. Toller Berg, nicht wahr?«

»Ein Traum von einem Berg. Hoffentlich verschwindet er nicht wieder so schnell, wie er aufgetaucht ist. Womöglich sogar noch mit uns.«

»Würdest du denn gern mit mir verschwinden?«

Autsch, hatte ich das wirklich gesagt? Ich war durcheinander.

»Wie bitte?«

»'Würdest du mit mir einen trinken?', habe ich gefragt.«

Sie schaute in den Raum und meinte: »Da hinten ist noch ein Tisch frei, ich hätte nichts gegen Gesellschaft, ich bin noch nicht lange hier und kenne kaum jemanden.«

Wir hatten uns sehr gut verstanden und sprachen über das Bergsteigen, Alltagsdinge und die Motivation.

Sie studiert Sportwissenschaften und treibt es rein aus Abenteuerlust hierher. Jedes Jahr geht sie im Urlaub wandern oder bergsteigen. Eva hat vor allem das Alleinreisen für sich entdeckt, sie könne da ganz bei sich und der Natur bzw. dem Berg sein. Das wäre eine viel intensivere Seinserfahrung und Verbundenheit mit dem Ort, die man in Gesellschaft nicht machen kann. Vor Ort kommt sie auch schnell mit neuen Leuten in Kontakt.

Es war gar nicht so leicht, ihren Worten zu folgen. Sie sprach sehr schnell und die Geräuschkulisse wurde immer lauter, auch der DJ pegelte die Musik höher.

Während sie sprach, stützte ich mit dem Ellenbogen auf dem Tisch mein bärtiges Kinn mal in die rechte, dann auf in linke Hand.

Hatte ich schon erwähnt, dass sie sehr viel sprach? Ich schätzte mindestens 95 % des Gesprächs. Ich versuchte, Einstiege zu finden, um auch etwas zu sagen, sie schien aber nie Luft zu holen. Mein auffälliges nach Luft schnappen und den Zeigefinger erheben wurde nicht einmal registriert. Irgendwann war ich in Gedanken abwesend. Ich betrachtete ihr Gesicht und staunte, wie mutig und selbstbewusst sie war.

»Hm?« machte sie plötzlich.

»Mhm, ja«, antwortete ich automatisiert.

Sie schaute immer noch fragend.

Ich richtete mich schreckhaft auf, sie hatte mich offenbar etwas gefragt und ich nicht mehr zugehört.

»Was sie beruflich machen...«

»Achso. Äh... ja... Das mag jetzt sehr trocken klingen. Ich bin Physiker.«

Dann war tatsächlich ich an der Reihe und sie hörte mit wenig Unterbrechung zu. So kam ich auf meine 5 % Redezeit.

»Leute wie Sie sind doch für die Existenz des Berges verantwortlich. Wissen Sie, was genau da am CERN passiert ist?«

Die Standardfrage. Ich erklärte ihr, dass es so exakt keiner weiß, was bei diesem Experiment schief lief. Ich führte die Metapher mit dem Popkorn an. Das Maiskorn bleibt wie es ist. Wenn der Mensch es mit seiner Maschine stark erhitzt, poppt es auf und wir haben das Stück Popkorn. Wenn man es dann nicht mehr anrührt oder vernascht, bleibt es in dem Zustand, in dem es ist. So wird es auch mit diesem fremden Ort mit dem Hallamabulah-Berg sein. Wir brachten ihn versehentlich mit dem schiefgelaufenen Experiment in die Welt, und nun ist er einmal da. Ein Verschwinden sollte eher ausgeschlossen sein. Dennoch weiß niemand, ob dieser Orte instabil wird. Erst nach drei Jahren ist hier der Tourismus stark angewachsen. Eine lohnenswerte Geldgrube.

Einiges Gutes hatte das Ganze: Die Menschheit hat sich wieder mehr verbunden, philosophische Seins-Fragen sind zum Trend geworden, die Leute haben ein gemeinsames Thema, die Menschheit ist im Umbruch. In gewisser Weise ist der Hallamabulah ein Friedensbringer.

Zum Abschluss des Abends planten wir eine gemeinsame Tour zu Lager 1 für den nächsten Morgen. Ich werde also jetzt in den Schlafsack verschwinden, um da fit zu sein. Vor dem Einschlafen werde ich mir mein eingeübtes Mantra unentwegt aufsagen: »Gute Nacht Bernd, alles wird gut. Gute Nacht Bernd, alles wird gut. Alles, wirklich alles, wird gut. Gute Nacht, Bernd.«

3

Email vom 15. Februar 2016
Von: Martin Latzz (martin.latzz@talkshowmoderatorim-
fernsehentoll.de)
An: Marion Zimmerreiter (m.zimmerreiter@bergbestat-
tung-stadler-lehmann.tot)
Re: Mammut in der Talkshow

Sehr geehrte Frau Zimereiter,

vielen Dank für Ihre Anfrage. Ein erster Hinweis in eigener
Sache: Ich werde mit Doppel-Z (»zz«) geschrieben.

Ich habe Ihre Idee mit meinem Team besprochen.
Es mag sein, dass dieser Herr Mammut als Gast in meiner
ganz tollen bereits mehrjährigen und beliebten Talkshow
zusätzliche Quoten bringt. Aber um ehrlich zu sein, kann
ich dieses Hallamabulah-Thema nicht mehr hören! Unse-
ren gebildeten Zuschauern wird es ähnlich ergehen.
Dieses Thema ist in den Medien überreizt, es sind inzwi-
schen Hunderte, die sich der Illusion der Gipfelbesteigung
hingeben.
Dieser Berg war nun bereits 13 mal Thema in meiner sehr
beliebten Talkshow-Sendung. Andere Themen bringen uns
zukünftig jedoch mehr Zulauf an Zuschauern für mein
geniales Sendeformat.
Zudem unterstützen wir offiziell keine Schleichwerbung!
Ich sende Ihnen eine Autogrammkarte von mir zu.

Mit bestem Gruße,
Martin Latzz

Sehr beliebter Fernsehmoderator der gleichnamigen Sendung.

Wussten Sie, dass die Talkshow »Martin Latzz« zu den beliebtesten Fernsehsendungen gehört?
Bitte denken Sie an die Umwelt. Nicht jede Email muss ausgedruckt werden. Wir senden Ihnen auf dem gesparten Papier lieber eine Autogrammkarte.

Von: Marion Zimmerreiter (m.zimmerreiter@bergbestattung-stadler-lehmann.tot)
Gesendet: 9. Februar 2016, 14:55 Uhr
An: Martin Latzz (martin.latzz@talkshowmoderatorimfernsehentoll.de)
Betreff: Mammut in der Talkshow

Sehr geehrter Herr Latz,

mit Spannung verfolgen wir jede Ihrer Talkshows.
Wir möchten Ihnen eine Kooperation vorschlagen. Wir sind Sponsor von Herrn Reinhard Mammut, der realitätsfern in seiner eigenen Welt lebt und meint, den Hallamabulah zu besteigen. Er hält sich für einen Profi, ist jedoch ein illusionierter Amateur. Seine Art brachte uns im Team einige lustige Stunden ein. Wir sind sicher, dass er als Gast in Ihrer Talkshow die Quoten weiter wachsen lässt. Über eine

Erwähnung unserer Bestattungsfirma Stadler-Lehmann würden wir uns freuen.

Gern können Sie uns jederzeit besuchen! Unser sehr stylisches Krematorium ist zugleich unser Showroom. Vielleicht auch für Ihre Sendung interessant?

Mit besten Wünschen von einem Ihrer größten Fans,

Marion Zimmerreiter

Abt. Marketing
Bergbestattung Stadler-Lehmann

*

24. März 2016

Sie kam nicht. So hatte ich sie gar nicht eingeschätzt. Eva war nicht zum verabredeten Treffpunkt aufgetaucht. Zunächst. Als ich schon entschlossen war, nach 20 Minuten Wartezeit allein los zu wandern, tauchte sie plötzlich auf. Neben ihr ein junger Mann. Kurz bevor sie mich erreichte, verabschiedete sie sich innig von ihm.

Aha.

»Sorry, tut mir wirklich leid. Hatte etwas verschlafen. Ich bin sonst eigentlich immer pünktlich.«

Sie sah müde aus. Auf dem Weg sprachen wir nicht viel. Wir konzentrierten uns auf den Weg und jeder hing seinen eigenen Gedanken nach. Die Route war noch nicht fordernd, sie verlief zunächst recht flach. Nach einer halben Stunde wurde es wesentlich steiler. Ausrüstung hatten wir wenig dabei, da wir am Abend wieder ins Basislager zurückkehren wollten. Ich erwischte mich bei dem Gedanken, dass etwas schief gehen würde und wir eng umschlungen in Lager 1 nächtigen. Reinhard, reiß dich zusammen!

Nach einer weiteren Stunde wurde es dann richtig steil. Da hier nur wenig Schnee lag, hatte man ohne Steigeisen noch guten Halt. Vom Laufen ging es hier schon mehr ins Klettern über. Es war recht einfach zu handhaben, wir stiegen ohne Sicherung nach oben. Ich sorgte mich etwas um Eva, sie schien nicht ganz bei der Sache zu sein, das konnte gefährlich sein. Bisher hatte sie aber keinen Fehler gemacht, sie wirkte sehr sicher im Terrain.

Vierhundert Höhenmeter legten wir bereits zurück. Lager 1 befand sich auf 5.000 Meter über dem Meeresspiegel, es lagen noch 600 Meter vor uns.

Nach einer kleinen Rast kamen wir an einen Punkt, wo wir beide unsicher waren, welcher der beiden Wege vor uns die bessere Route abgab. Einer davon war ein steiler Hang, nicht sehr hoch. Ich beschloss, zunächst allein hochzuklettern, um oben besser erkennen zu können, ob dieser Weg sinnvoll war. Eva würde nachkommen oder auf meine Rückkehr warten. Die Wand war schwierig, weshalb ich den halb gefüllten Rucksack zusammen rollte und in Evas Rucksack legte. Ich nahm lediglich ein Seil mit, daran könnte ich Eva mit unserem Gepäck sichern.

Konzentriert hatte ich die Hälfte der Wand - ca. 70 Meter - gepackt, als ich Eva rufen hörte. Ich blickte nach unten. Sie fuchtelte mit den Armen und rief: »Telefon! Telefon!«

»Geh ran! Das ist bestimmt wichtig!«

Mit meiner rechten Hand machte ich eine Telefonier-Geste, falls sie mich nicht verstanden haben sollte.

Vermutlich war der Scheidungsanwalt Löffelbruch in der Leitung, ich hatte vergessen ihn zurückzurufen.

In der Wand haltend beobachtete ich, wie Eva mein Handy herauskramte und telefonierte. Ich verstand nicht viel, aber Eva ging während des Telefonats immer hektischer auf und ab, sie begann mit der anderen Hand wild zu gestikulieren.

»... MICH VON IHNEN DOCH NICHT ANBRÜLLEN!!!« hallte es nun nach oben, als eine kleine Windbrise den Schall besser zu mir hoch leitete.

Was war da denn los?

Ich ahnte Übles. Das konnte nur meine Frau Kerstin sein.

Ich blieb in der Wand und wartete.

»... WAS NEHMEN SIE SICH RAUS? SIE KENNEN MICH DOCH GAR NICHT!«

Eva war in Rage. Sie war nicht nur selbstbewusst, sondern auch schnell reizbar.

Wieso beendete sie das Gespräch nicht einfach? Ich sollte nach unten klettern, bevor das weiter ausuferte.

»... DAS HÄTTEN SIE WOHL GERN...«

Obwohl ich eilte, achtete ich darauf, vorsichtig nach zu klettern, nur nichts überhasten oder stürzen.

»... OB SEIN BART DABEI KRATZT? GEHT'S NOCH?!?...«

Mein linkes Bein suchte die nächste Kerbe, ich stützte mich darin auf und wanderte mit den Händen und dem rechten Bein weiter. Aber immer nur ein Gliedmaß, nie Arm und Bein gleichzeitig.

»... FRAGEN SIE IHN DOCH SELBER!! ... ER IST NOCH ÜBER MIR, ABER ER KOMMT GRAD RUNTER...«

Eva wurde immer lauter. Meine Distanz zu ihr verringerte sich.

Plötzlich war es sehr still. Ich erschrak, als ein lautes »WAAAASSS?!?« den ganzen Berg in Schwingung zu bringen schien.

Dann folgte mit böser Stimme zu mir gewandt: »Beleidigt die mich und legt dann einfach auf!«

Wie ein böses Omen sah ich in der Ferne dunkle Wolken. Ich hielt meine Nase in den Wind. Das roch nach Ärger, von allen Seiten.

Ich entschuldigte mich für die Reaktion meiner Ex-Frau und kletterte wieder nach oben, während Eva unten wartete.

Wahrscheinlich durch diese Situation angeheizt, stieg ich schneller, aber nicht unsicher. Ich war hochkonzentiert. Die Zeit rauschte an mir vorbei, bis ich einige Minuten später fast oben war. Mit einem Klimmzug stemmte ich mich über die Kante und schaute nach unten. Eva war verschwunden...

»Na endlich!« tönte es neben mir.

Ich zuckte zusammen und drehte meinen Kopf. Eva saß neben mir. Sie war schon oben!

»Ich brauchte etwas zum abreagieren«, sagte sie.

Eva musste mich in weitem Bogen sehr zügig überholt haben, ich hatte sie gar nicht bemerkt.

Der Weg hier oben war gut, die Steigung nur noch schwach. Gesprächsthema war nun meine Scheidung. Ich wechselte schnell das Thema und sprach sie auf die Situation von heute morgen an.

»Du hast hier jemanden kennengelernt?«

Erst schaute sie mich fragend an, dann lachte sie los.

»Wegen Richard, der heute morgen dabei war? Haha, was in euren Männerköpfen so vor sich geht. Das war mein Bruder. Er kam gestern Nacht hier an.«

Irgendwie beruhigte mich das ungemein. Dabei war ich eher auf den Berg fixiert, statt auf eine Frau. Aber als Eva so vor mir lief, schaute ich öfter auf ihren Hintern. Mein Blick wechselte von den beeindruckenden Felsen zu Eva, zurück zu dem schönen verschneiten Berg und dem großen Tal, dann erneut auf ihre Körperstatur, eingerahmt in ihren Sachen. Wie es wohl darunter aussah? Unter den Schneemassen? Glatt poliert oder rauer Fels? Dem Gipfel, dem absoluten Höhepunkt der Besteigung entgegen? Ich liebte diesen Berg.

Es dauerte nicht lange, bis ich bemerkte, dass Evas Ausdauer besser war. Sie hatte ein gutes Tempo, ich schwitzte und keuchte, unter meiner Kleidung hatte sich eine kleine Sauna gebildet. Als hätte sie meine Gedanken gelesen, blieb sie stehen und drehte sich zu mir um.

»Dort können wir rasten.« Mein Blick folgte ihrer ausgestreckten Hand. Ja, rasten. Egal wo. Aber ihre gewählte Stelle sah gut aus. Ich hielt die Luft an und nickte freundlich. Als sie sich wieder nach vorn drehte, keuchte ich schnell weiter... Sauerstoff!

Unsere Raststelle war genial! Wir hatten einen guten Blick ins Tal und konnten auch das Basislager sichten. Es war eine phänomenale unbeschreibliche Aussicht von hier oben.

Plötzlich ergriff mich dieser Moment emotional sehr. Tränen kämpften sich in meine Augen. Ich spürte soviel Freude und Glück. Ich war richtig im Jetzt und mir dessen bewusst, dass das Ziel meiner Träume bald greifbar werden würde. Ich bin am Hallamabulah. Ich bin wahrhaftig hier! Der Gipfel nur wenige Tagesmärsche entfernt. Das wurde mir in diesem Moment richtig bewusst, ich spürte es. Ich vergaß, dass Eva neben mir stand. Ich fühlte mich Eins mit dem Berg. Wir waren auf einer Wellenlänge.

»Sag mal, heulst du?«

Eva holte mich aus den Gedanken zurück und starrte mich an. Sie war sehr direkt, trotz unseres Altersunterschieds und dass wir uns erst seit gestern kannten.

»Es ist nichts.«

Ein Zischen lenkte uns ab. Es wurde immer lauter, wir drehten uns um.

Meine Vermutung lag richtig.

Drei Meter entfernt, nahe am Felsen, ragte sie auf. Jetzt bloß nicht bewegen! Bisher hatte ich davon nur in Berichten über die Flora und Fauna am Hallamabulah gelesen, nun sah ich sie leibhaftig vor mir:

Die gemeingefährliche Warteschlange.

Dunkelgrau - vom Fels kaum zu unterscheiden - ragte sie mit ihren großen giftgrünen Augen und der gespaltenen Zunge auf.

Jetzt hieß es Fassung wahren und nicht rühren. Die Warteschlange nähert sich nur Opfern, die sich längere Zeit nicht bewegen, quasi *warten*. Heimlich schleicht sie sich dann heran und wartet, dass sie entdeckt wird. Entweder greift sie sofort an, sobald sich das Opfer erschrickt. Fieser ist allerdings ihr alternativer Trick: Ihre Augen weiten sich und sie setzt einen Unschuldsblick auf. Sie scheint - ob durch Atmung oder Haut, das weiß man noch nicht - irgendein Gas auszusondern, welches das Opfer zusätzlich beeinflusst und einen Streichel-Impuls auslöst. Ihre Chance, dann zuzuschnappen.

»Och ist die süß«, meinte Eva und schritt auf die Warteschlange zu.

»NEIN! Nicht!«

Ich hielt sie fest.

»Aber warum denn nicht?«

Durch diese Aktion standen wir nur noch anderthalb Meter von der Schlange entfernt und die Wirkung bemächtigte sich auch meiner immer mehr. Das Bedürfnis, sie zu streicheln, wuchs ungemein. Ich musste mich stark zusammen reißen. Auch Eva wurde ungedulder.

»Jetzt lass mich! Die ist so niedlich!«

Noch nie hatte ich so eine verlockende hübsche unschuldige Schlange gesehen, zumindest dachte ich das in diesem Moment. Es war magisch. Auch das spezielle Zischen zog uns zusätzlich in den Bann.

Es fiel mir schwer, zu widerstehen.

Eva riss sich los und war mit einem Schritt bei der Schlange. Dann ging alles ganz schnell.

Kaum, dass Eva ihre Hand ausstreckte, wurde sie bereits gebissen. Sie schrie auf und zog ihre Hand zurück. Die Schlange indes verschwand.

Zum Glück ist die Warteschlange ungiftig, allerdings weiß man noch nicht viel von Nebenwirkungen.

Warteschlangen sind Vampire und ernähren sich vom Blut ihrer Opfer. Ihre Zähne sind innen hohl und mit einem Saugreflex zieht sie sich in Windeseile das Blut ihrer Opfer rein. Blutsauger!

Eva hielt sich den Arm.

Ich verarztete sie mit den Mitteln, die wir dabei hatten. Wir beschlossen, dass es besser wäre, wieder umzukehren. Sie sollte sich untersuchen lassen und ruhen.

Wir hatten dennoch ein schönes Ziel erreicht. Diese Aussicht mit ihrem bewegenden Moment werde ich nicht vergessen.

Der Rückweg verging wie im Fluge.

Wir verabschiedeten uns am Basislager. Sie empfahl mir noch, dass ich meine Frau zurückrufen solle.

Wichtiger war mir aber zunächst, diesen Tageseindruck auf Papier zu bringen, was ich jetzt getan habe. Den Anruf tätige ich später. Vielleicht.

*

28. März 2016

Alles Scheiße außer Mutti.

*

1. April 2016

Ich will endlich zum Berg hoch, muss mich aber noch gedulden. Hier im Lager meinen alle lustig zu sein mit ihren April-Scherzen und Behauptungen, vom Gipfel zu kommen. NIEMALS!

*

2. April 2016

Hier im Basislager habe ich viel Zeit nachzudenken. Nicht nur der Gipfelbesteigung entgegen zu fiebern, sondern auch über meine zerrüttete Ehe zu grübeln. Die Scheidung ist unumgänglich. Wir hatten uns schon vor Jahren auseinander gelebt. Die Eheberatung brachte nur kurzfristigen Schwung in unser Ehe- und Liebesleben. Letztlich passte es einfach nicht, wir waren zu verschieden. Sagte meine Frau zumindest immer.

Ich erinnere mich an unser Kennenlernen. Ich war Anfang 20 und begleitete einen Kumpel in eine Disko. Ich ging nur ungern in Diskotheken. Das war mir zu viel Trubel, zu viele Leute und zu laute Musik. Aber ich wollte ein Mädchen kennenlernen. Dann sah ich eine wunderhübsche Frau, die mich offenbar anlächelte.

»Sie mag mich«, sagte dann mein Kumpel, der schräg hinter mir stand und ebenfalls hinblickte. Ich ignorierte seine Aussage, nahm meinen Mut zusammen und ging sofort zu ihr hin. Ich befolgte eine alte Flirtweisheit und sprach nicht sie direkt, sondern zunächst ihre Freundin an. Ich will nicht oberflächlich erscheinen, aber ihre Freundin war das ganze Gegenteil und wurde offenbar noch nie von jemandem angesprochen. Sie freute sich so sehr, dass sie aus ihrem Redefluss gar nicht herauskam und sogar mich als Mann auf ein Getränk einlud. Die hübsche Frau verlor ich dann aus den Augen und nahm an, dass sie ja bald zu ihrer Freundin zurückkehren würde. Dann könnte ich das Gespräch zu ihr überleiten.

Sie kam aber nicht wieder.

Und erst zwei Stunden später bemerkte ich meinen Irrtum, dass die beiden Damen sich überhaupt nicht kannten. Dafür wusste ich nun alles über Pferde - dem liebsten Interessensgebiet meiner Gesprächspartnerin. Mein Kumpel war inzwischen verschwunden, die hübsche Frau sichtete ich ebenso nirgends mehr. Frustriert wollte ich nach Hause, als ich an der Garderobe bemerkte, dass ich meine Jackenmarke verloren hatte. Ich diskutierte eine Weile mit der Garderobenfrau, die meine Jacke nicht herausrücken wollte und immer wütender wurde, weil ich nicht nachgab. Zum Glück war es nicht sehr kalt draußen. Ich holte die Jacke am nächsten Tag ab. Die Frau war immer noch böse auf mich, weil sie für alle Trödler wie mich noch einmal in die Diskothek musste, die für alle Markenverlierer eine Stunde die Garderobe geöffnet hatte.

»Als ob ich nichts anderes zu tun hätte!«, fuhr sie mich wütend an. Ich entschuldigte mich und schenkte ihr Pralinen. Die Garderobenfrau wurde ganz still, ihre Augen strahlten. Das wären ihre Lieblingspralinen, sagte sie. Ein Jahr und viele Pralinen später wurden wir ein Paar.

4

Interne Email John Dogskin, 10 Tage später (13. April 2016):

Sehr geehrter Herr Dr. Dogskin,

wie wir eben feststellen mussten, ist uns ein großer Fauxpas passiert.
Offenbar vertauschten wir ein Paket. Statt des ersten tauglichen Models, ist unser Reinhard Mammut mit dem unausgereiften Prototyp der Kleidung aufgebrochen. Diese ist fehleranfällig, zumal die Heizstäbe und die Software öfter mal aussetzen.
Wir bedauern diesen Fehler sehr.

Telefonisch ist Herr Mammut nicht erreichbar. Es wird ihm doch hoffentlich nicht durch unsere Schuld etwas zugestoßen sein? Die letzten Tage haben dort mehrere schwere Erdbeben die Region heimgesucht.

Wie können wir weiter vorgehen?

Mit freundlichen Grüßen,
Toni Quermüller

Zuvor, 3. April 2016

Es geht los!

Aber so richtig!

Ein Erdbeben suchte vergangene Nacht die Hallamabulahische Region heim. Einige Lawinen lösten sich. Menschen kamen dabei ums Leben. Die genaue Zahl ist ungewiss. Eine Katastrophe!

Hier herrscht seither Hektik und Verwüstung, denn die große Masse sucht fluchtartig die Heimreise. Nicht nur weitere Beben und Lawinen machen den Leuten Angst, sondern das mögliche Verschwinden des Berges ließ die Panik im Lager anhalten.

Nach dem ersten Schock überkam mich gleich die Euphorie. Jetzt oder nie! Sofern es nicht schon zu spät ist...

Ich muss zum Gipfel, solange es noch halbwegs möglich ist. Ich will da hin. Ich *muss* da hin.

Eilig hab ich alles Nötige zusammengepackt. Nachdem meine beiden Helfer mit den meisten Leuten geflohen sind, konnte ich einen anderen noch überreden, mit mir zu ziehen. Er heißt Tschinga und wurde von seinem Auftraggeber verlassen. Es wird alles gut werden.

Konkurrenz gibt es nun sicher weniger, aber die Ehrgeizigsten werden jetzt volles Wagnis eingehen. Es geht jetzt los: Auf zum Gipfel des Hallamabulah.

*

4. April 2016

Tageszusammenfassung: Wir brachen 5 Uhr in der Früh auf. Das Basislager sah aus wie ein geplündertes Schlachtfeld.

Ich fühlte so viel Kraft in mir, so viel Motivation und Euphorie. Tschinga kam da kaum mit, er keuchte und fluchte, obwohl ich inzwischen das meiste Gepäck auf dem Rücken hatte.

Ich wollte noch schneller vorankommen, wusste aber, dass ich mich nicht verausgaben sollte.

Wir kamen sehr zügig vorwärts und aufwärts. Den Großteil der Strecke zum Lager 1 war ich mit Eva damals schon testweise gelaufen, heute kam sie mir um ein Vielfaches kürzer und leichter vor - die Strecke, nicht Eva.

Was sie wohl nach dem Beben tat? War sie ebenso aus der Region geflohen? Ich hatte sie seit der damaligen gemeinsamen Tour nicht mehr gesehen.

Uns kamen einige Leute entgegen, die von oberen Lagern abstiegen. In ihre Gesichter war der Ernst und die Furcht eingemeißelt. Manche sahen aus, als ob jegliches Leben aus ihren Körpern gewichen war. Die nackte Angst steckte tief in ihnen.

Ich staunte über meinen Mut und Elan. Mich sorgte nur, den Berg zu *verpassen*, das trieb mich eilig voran. Ich fühlte mich so fit wie lange nicht mehr. Ich könnte Bäume entwurzeln. Nur gab es hier keine.

Endlich war es soweit. Der Aufstieg zum Gipfel. Auf diesen Moment hatte ich lange gewartet, die ganze Energie hatte sich aufgestaut und entlud sich nun. Ich näherte mich nach langer Warterei dem Ziel. Mein Traum wird Wirklichkeit werden.

Mein Helfer Tschinga schritt bereits lächelnd und erschöpft auf Lager 1 zu. Er schaute mich irritiert an, als ich daran vorbei zog und mit dem Finger hoch zum Berg zeigte. In Zeitlupe sank seine Kinnlade gen Boden.

Er hatte mich dann überzeugt, zumindest eine Rast einzulegen. Tschinga war nervös und entkräftet. Beim längeren Sitzen mit einer Runde warmem Tee, machte sich die Müdigkeit auch bei mir bemerkbar.

Doch ehe wir uns versahen, waren wir schon wieder unterwegs. Trotz Bitten und Betteln kam es für mich nicht in Frage, bei Lager 1 zu bleiben. Hortig hortig weiter zu Lager 2, keine Zeit verlieren!

Gefährliche Aufstiege meisterte ich voll konzentriert, lediglich Tschinga benötigte mehr Zeit und mehr Geduld meinerseits. Er bremste mich aus, aber ich brauchte ihn.

Es dunkelte bereits, als wir beide erschöpft in Lager 2 ankamen. Tschinga war sofort beim Setzen weggenickt.

Wir hatten eine stolze Strecke geschafft. Keine Beben. Gutes Wetter. Schöne Sache.

Ich zog Tschinga ins Zelt, er bekam nichts davon mit und ich setzte mich daneben und schreibe diese Zeilen. Ich bin voller Stolz! Trotz der großen Erschöpfung, fühle ich noch eine Restkraft in mir. Als ob mir nichts etwas anhaben kann. Keine Spur von Angst. Voller Glück und Euphorie werde ich meine Notizen beenden und schlafen.

Ich werde sterben! Ich habe fürchterliche Angst!

Hier oben kann uns keiner helfen. Wenn wieder ein Beben kommt? Eine Lawine? Der Berg in ein anderes Universum verschwindet oder ins All abhebt? Oder Milben in meinem Schlafsack umher wuseln?

Ich will nicht sterben! Ich will nach Hause! Hilfe!

Oh Gott, was habe ich nur getan?!?

Es ist mitten in der Nacht, ich bin total fertig und kann nicht schlafen.

Tschingas Geschnarche macht es nicht besser. Draußen pfeift der Wind. Der Sensenmann ist bestimmt nicht weit. Oh weh mir!

5. April 2016

Tschinga ist tot...

Dachte ich zumindest erst, da er sich nicht mehr bewegte und wecken ließ. Aber er atmete noch. Er begann sogar wieder zu schnarchen.

Ich fühlte mich fix und fertig, jede noch so kleine Bewegung wurde durch Muskelkater abgestraft. Das war gestern zu viel Power und ich erinnerte mich an die schlaflose Panik in der Nacht.

Als der heiße Tee aufbereitet war, befand sich auch Tschinga wieder in der Senkrechten. Verwundert lief er um das Zelt und fragte mich, was das zu bedeuten hat. Erst war ich irritiert, was er meinte, dann sah ich es selbst und die Erinnerung kam wieder. Es war mir sehr peinlich, ich wäre am liebsten im Erdboden versunken.

Das Zelt war beschmiert worden.

Von mir.

Nachts.

In Angst.

Halbnackt mit Taschenlampe.

Ich betrachtete den Schriftzug, mein nächtliches Werk in der Kälte.

»SOS! Holt mich hier runter, ich will nicht sterben. Ich habe euch alle total lieb!«

Rote Schrift auf gelbem Zelt. Lager 2 beschmiert.

»Das war schon«, murmelte ich in meinen Bart und wechselte schnell das Thema: »Sehr sonnig und windstill heute.« Wir befanden uns auf knapp 5.600 Meter Höhe. Lager 3 würde sich auf 6.400 Meter befinden. Mehr sollten wir uns definitiv nicht vornehmen, es war bald schon elf Uhr. Durch den gestrigen Tag und die schlechte Nacht war ich heute recht schwach.

Ich bin ja eigentlich nicht abergläubisch, entsann mich jedoch einer alten Weisheit, die ich in meiner Kindheit sehr häufig hörte und erlebte. Es könnte ein Glücksbringer sein. Es schadet ja nicht, wenn man es zumindest versucht. In einem unbeobachteten Moment beugte ich mich auf den schrägen Bergfels, kratzte Schnee und Eis mit dem Handschuh weg und leckte vorsichtig am kalten Fels. Was man anleckt, gehört Einem. Vielleicht vollführt sich diese Wahrheit durch diese Zeremonie und es bringt Glück für den Gipfelaufstieg. Kurz kam die Angst auf, dass meine Zunge durch trockenes Eis festkleben würde, aber das tat sie zum Glück nicht. Allerdings bemerkte ich, dass Tschinga mich eben beobachtete und sich kopfschüttelnd umdrehte.

Als wir aufbrechen wollten, erreichte ein weiterer Bergsteiger Lager 2. Seit den frühen Morgenstunden war er von Lager 1 aus unterwegs. Er stellte sich uns als Mark Schrödinger vor. Bewundernswert war aber seine Begleitung.

Ein Hund!

Ein Hund auf dieser Höhe? Ich hatte noch nie einen Bergsteigerhund gesehen. Ob Schrödingers Hund das packen würde?

Mark beruhigte uns, er wäre mit dem Hund schon viel unterwegs gewesen, zwar bisher nur auf maximal 5.000 Metern Höhe, aber heute wäre das eine absolute Ausnahme. Sie würden nach einer Rast wieder absteigen.

Dann marschierten Tschinga und ich los zu Lager 3.

*

Am frühen Nachmittag ereilte ein weiteres Beben den Berg. Wir hielten in einer ausgehöhlten Felsnische inne. Lawinen lösten sich und brausten über uns herab. Wir überlebten, weil wir zur richtigen Zeit am richtigen Ort waren und eine große Einkerbung im Fels den besten Schutz bot.

Tschinga fluchte irgendetwas in seiner Muttersprache und schaute mich dabei böse an. Ich verstand nichts.

Erst zehn Minuten nach dem Beben trauten wir uns, den Kopf vorsichtig aus der Minihöhle zu strecken. Genau genommen: Tschinga traute sich. Ich wartete noch ab.

Als er weiter fluchte, blickte ich ebenfalls nach unten. Eigentlich sah alles friedlich aus, schön weiß. Wurde sehr viel verschüttet? Waren Schrödinger und sein Hund noch lebendig oder tot? Oder beides zugleich? Würde das erst dann feststehen, wenn ich nachschaue? Der arme Hund und der arme Mark. Ein Schaudern ging mir durch Mark und Bein.

Tschingas erneutes Fluchen unterbrach meine quantenmechanischen Überlegungen. Er bewegte sich aus unserem Felsschutz. Sehr gut, es ging weiter... dachte ich zunächst. Aber Tschinga wählte den Weg nach unten. Wir diskutierten eine Ewigkeit und ich musste seinen Sold wesentlich erhöhen, damit wir weiter aufsteigen konnten.

Der steile Aufstieg zog sich in die Länge. Immer mit der Angst im Rücken, dass Schneemassen nachrückten, wir abrutschten oder erneute Beben unseren Tod bedeuten konnten.

Auf einem Zwischenplateau legten wir Rast ein und hatten einen traumhaften Ausblick. Da kein Berg in der Umgebung annähernd an den Hallamabulah heranreicht, nicht einmal auf die jetzige Höhe, hat man hier schon den Eindruck einer Hubschrauberperspektive, als ob man weit über der Erde steht. Drehte man sich wieder dem Berg zu, erschien der Hallamabulah so hoch, als wäre man noch im tiefsten Tal. Es wirkte so faszinierend und unwirklich zugleich. Dieser enorme Höhenunterschied! Ich werde diesen Anblick nie vergessen.

Wir waren ungefähr auf halber Höhe des Hallamabulahischen Berges. Die Sonne schien, alles war ruhig und so friedlich.

Der weitere Weg wird beschwerlich werden. Er war mit Lawinenschnee bedeckt und schwer einzuschätzen.

*

Es ging vieles schief!

Ich sitze wieder in Lager 2. Tschinga versucht das defekte Zelt in Ordnung zu bringen. Der Wind und frischer Schnee pfeifen ihm um die Ohren, gelegentlich weht etwas davon hinein.

Neben mir jammert Schrödinger, ich halte immer wieder seine Hand. Ich muss die Zusammenfassung der letzten Ereignisse daher kurz halten:

Nach unserer Rast waren wir weiter aufgestiegen. Das Wetter schlug um, die Spurarbeit im Schnee war anstrengend, aber machbar. Dann der Schneefall, aber wir schafften es zu Lager 3 - bzw. vielmehr dem, was vom Lager übrig blieb. Nicht nur Schneemassen, auch Geröll und Fels hatten sich beim Beben gelöst, lediglich ein Zipfel Zeltstoff lugte dazwischen hervor. Dieses Lager war restlos zerstört. Hoffentlich war niemand darin umgekommen. Zum Aufbau unseres Zeltes gab es kaum geeigneten Platz, es war zu steil, zu windig, der Schnee zu hoch und Tschinga jammerte stets »Ich hab's doch gesagt!«.

Lager 4 war zu weit entfernt, um es bei diesem Wetter zu wagen. Ich hörte auf Tschingas Bauchgefühl (Hauptsache er jammerte und diskutierte nicht mehr) und wir stiegen zum letzten Lager zurück. Mein Helfer strahlte dabei bis über beide Ohren. Ich überlegte, ob ich ihn schon jemals zuvor habe lächeln sehen. Starkes Schneetreiben ließ uns nur noch wenige Meter voraussehen. Wir mussten aufpassen, Lager 2 nicht zu verpassen – sofern es nicht ebenfalls durch Beben und Lawinen zerstört war.

War es nicht. Wir suchten eine Weile, aber fanden es halb eingeschneit wieder. Im Inneren lag ein jammernder Mark Schrödinger, der seinen Hund und sein Schicksal beklagte. Während des Bebens und der Lawine verlor er den vierbeinigen Begleiter, fand ihn nicht wieder und schaffte es eher nur mit Glück ins Lager 2. Seine Resthoffnung, dass sein Wuffi sich dort bereits versteckte, wurde enttäuscht.

»Er ist so verloren! Wenn ich wenigstens weiß, ob er noch lebt...«, klagt er eben wieder.

Nun kommt Tschinga herein und spricht sehr laut in seiner Landessprache. Ich glaube, er flucht. Und er schaut mich dabei dauernd so vorwurfsvoll an. Ich weiß nicht einmal, welche Sprache das ist. Ich werde ihm eine weitere Solderhöhung anbieten.

*

Es ist tiefste Nacht, der Sturm hat aufgehört, es schneit nicht mehr. Sterne sind dennoch nicht zu sehen, es ist weiter bewölkt.

Ich kann nicht schlafen.

Tschinga wollte kein weiteres Geld, unterhielt sich aber noch lange mit Schrödinger – wieder auf deutsch. Ich war müde und konnte wegen deren Gequatsche nicht einschlafen. Jetzt schlafen die anderen und ich bin wach. Ich gönnte mir bereits unseren Vodka, jetzt bin ich noch munterer, aber die Welt dreht sich wenigstens wieder weiter.

Ich erblickte auf mein Handy eben drei entgangene Anrufe sowie eine Kurznachricht.

Alles von meinem Scheidungsanwalt Löffelbruch.

»Herr Mammut, wir brauchen dringend von Ihnen das Formblatt ausgefüllt und unterschrieben zurück. Sie haben bisher nicht reagiert. Morgen läuft die Frist ab. Kanzlei Löffelbruch - Anwälte ohne Grenzen.«

Ich habe es satt. Es geht nicht. Ich bin erst in einigen Wochen wieder Zuhause - so Gott will. Soll er doch herkommen. Ich gebe meine GPS-Koordinaten durch und schreibe:

»HIER unterschreibe ich, kommen Sie vorbei. Taxikosten übernehme ich. VG Reinhard Mammut«

Ich muss über meine witzige Nachricht grinsen und lege mich schlafen.

*

6. April 2016

Nicht gut.

Gar nicht gut.

Schrödinger und Tschinga sind weg.

Neben mir liegt ein Umschlag mit Geld. Tschinga hat eine Nachricht und seinen Sold dagelassen. Sogar alles! Er würde nicht wieder kommen und war auf dem Weg zu seiner Familie. Da er mich nicht führen kann, will er kein Geld annehmen.

Der Berg fühlt sich einsam an und ist bereits von fast allen verlassen worden. Selbst in dieser relativ geringen Höhe bei Lager 2 auf ca. 5.600 Metern Höhe, das sonst gut besucht war, bin nur noch ich.

Bin ich der Letzte?

Ich kann Tschinga nicht böse sein. Ich verstehe ihn. Fluche aber dennoch.

Mir ist es jetzt egal, ob ich nach Hause komme. Ich will zum Gipfel. Unten wartet niemand mehr auf mich.

Nur die Spitze des Hallamabulah ist für mich reserviert. Es ist mein Ziel, mein Lebenswille, meine Kraft. Nur das zählt jetzt.

Dennoch fühle ich mich schlapp.

Ich muss den Weg von Lager 2 zu Lager 4 heute schaffen, zur Not zwischencampen.

Da es jetzt schon fast Mittag ist, wird das schwierig. Ich hänge immer noch depressiv im Zelt.

Der ganze Weg muss allein geschafft werden, ohne Tschinga. Und ich bin fast wieder am Anfang, das meiste liegt noch vor mir.

*

Eine SMS traf ein.

»Geht es Ihnen gut?« Absender war mein Sponsor *Bergbestattung Stadler-Lehmann*. Es freute mich, offenbar liegt denen doch an meinem Wohlergehen und sie fiebern mit mir dem Ziel entgegen.

»Mir geht es bestens und ich bin guter Dinge, bald den Gipfel zu erreichen«, tippte ich zurück. Ich war zu müde, um ausführlicher zu antworten. Nicht umsonst schreibe ich ja dieses Tagebuch.

Prompt erhielt ich Antwort. Man fragte an, welche Bestattung ich im Fall der Fälle bevorzugen würde und listete mir fünf Optionen auf. Man sah mich offenbar zu Tode kommen. Ich wollte mich nicht mit meinem eigenen Ableben befassen und damit runterziehen. Ich schaffe es! Auf jeden Fall! Glaube ich... Hoffe ich... Bitte bitte, lieber Gott, lass alles gut werden... Dann fällt mir wieder ein, dass ich doch gar nicht gläubig bin.

Draußen indes pfeift der Wind immer stärker. Feiner Schneestaub findet den Weg durch die Zeltplane.

*

Ein lautes Geräusch riss mich aus meinem Mittagsnickerchen. Ein starker Sturm schien aufzuziehen, das Zelt flatterte. Schlagartig war ich wach und robbte mich zum Eingang. Ich blickte nach draußen und traute meinen Augen nicht. Ein roter Hubschrauber ließ sich in der Nähe auf einer Anhöhe nieder.

Ich brauchte einige Sekunden, dann war mir klar, dass man den Berg räumen würde.

Aus der Traum! Es sei denn, ich versteckte mich. Niemand konnte mich zwingen, dort einzusteigen und mitgenommen zu werden.

Lager 2 würde ohnehin niemandem mehr nutzen, mit einem Messer ritzte ich ein Loch in die Zeltplane, um einen Hinterausgang zu haben.

Ich schnappte mir meine Ausrüstung und kroch ins Freie. Den Schlafsack und die anderen Utensilien würde ich später holen.

Ich robbte durch den Schnee und hoffte, unentdeckt zu bleiben. Nach Möglichkeit immer das Zelt zwischen mir und dem Hubschrauber als Sichtschutz zu haben. Durch diese breite Anhöhe war ich sonst leicht zu entdecken. Schon bald konnte ich den vor mir liegenden Fels als Versteck nutzen.

Die Rotoren kamen zum Stillstand und ich hörte Stimmen. Eine davon kam mir sehr vertraut vor. Ich brauchte nicht lange, um sie zu erkennen:

Otto Freiherr von Löffelbruch, mein Scheidungsanwalt.

Was wollte der denn hier?

»Herr Mammut, können's mich hören?« rief er mit seiner hellen Stimme in wienerisch-näselndem Akzent.

»So sagen's doch woas! Mo hoam hier die Unterlagen.«

Doch keine Evakuierung. Es ging um meine Scheidung. Das darf doch nicht wahr sein!

Ich könnte mit Löffelbruch hier und jetzt heimfliegen. In Sicherheit, in die Zivilisation.

Nein. Niemals!

Zum Abholen waren die Herren nicht hier. Ich erinnerte mich an meine Suff-Textnachricht von letzter Nacht, als ich die GPS-Koordinaten durchgab. Ich bot an, das Taxi zu bezahlen. Das Taxi war der Hubschrauber.

*

Ich kam aus meiner Deckung hervor und begrüßte den Anwalt sowie seinen Piloten. Egal, ob im Büro oder hier in hohen Höhen, Löffelbruch war piekfein gekleidet in seinem weißen Anzug und hatte sich lediglich eine dickere Jacke übergezogen. Man bemerkte, dass ihm kalt war. Durch seine große Brille, mit silbernem Gestell, blickten arrogante blaue Augen auf mich. Sein hauchdünner 20er-Jahre Schnurrbart machte seine Erscheinung noch ernster und zugleich etwas lächerlich. Sein übermäßiger Parfüm-Gebrauch stieg sofort in meine Nase.

Ich füllte dieses dämliche gefühlte 500. Dokument für die Scheidung aus und unterzeichnete es.

Mir fehlte der Mut, nach den Kosten des Helikopter-Einsatzes zu fragen. Vielleicht wurde er auch von meiner Frau geschickt, um zu schauen, ob ich tatsächlich hier bin. Sie traute mir die Tour nie zu. Sie dachte vielleicht, ich simuliere. Dieses Tagebuch ist ein Beweis für das Gegenteil.

Irgendwie empfand ich Wut darüber, dass ich mich bis hierhin schon einige Wochen abgestrampelt hatte, und der feine Herr über Nacht spontan einen Flug buchte und mit dem Helikopter ankam! In dieser gefährlichen Situation mit den Beben!

Die beiden Männer verabschiedeten sich schnell wieder.

»Termine, Sie verstehen«, gab mir Löffelbruch in Verbindung mit einem sehr festen Händedruck zu verstehen.

Erst, als die Rotoren bereits liefen, kam mir eine Idee.

Ich rannte winkend zum Hubschrauber. Immer noch spürte ich den Muskelkater. Ich musste diese ganze Aktion wahrscheinlich ohnehin bezahlen, also konnte ich auch bestimmen, wo es hinging und mich ein Stück mitnehmen lassen.

»Lager 3!«

Nein, das zählt nicht als Schummelei. Definitiv nicht!

Ich war schließlich schon einmal dort und musste, weil das Lager zerstört war, wieder umkehren. Wozu die Strecke doppelt erklimmen?

Die Sonne schien. Von dort oben war Lager 4 heute noch schaffbar.

Es gab eine hitzige Diskussion mit dem Piloten, denn die dünne Luft war bereits hier schon riskant. Lager 3 lag dann auf 6.400 Metern Höhe, da ist es sehr helikopterfeindlich.

Ich hatte noch Tschingas Sold, das überzeugte zumindest den Piloten, es doch ein Stück aufwärts zu wagen. Dafür zeterte Löffelbruch. Ich hatte lange niemanden so fluchen hören und ihm solche Wortschätze gar nicht zugetraut.

Ich setzte meinen Willen durch und packte eilig meinen Kram zusammen, einiges musste ich dort lassen, da ich ohne Helfer alles allein schleppen muss. Fast hätte ich das Taschenmesser von Oma Inges Taschengeld mit dagelassen, doch dies musste schon als Andenken mit.

Bereits der Start war aufgrund der dünnen Luft schwierig. Wir hatten Probleme abzuheben. Auch mir rutschte das Herz in die Hose. Mit Mühe schafften wir es, uns vom Berg zu entfernen.

Langsam stiegen wir höher und höher, dem Himmel entgegen. Zwischendurch gab es kleine Absacker. Jedes Mal schrief Löffelbruch auf. Seine teure feine Stoffhose war bereits nass im Schritt.

Einige Meter vom Hallamabulah entfernt, konnte ich den Berg aus einer anderen Perspektive betrachten.

Meiner! Ich habe ihn angeleckt, jetzt gehört er mir, dachte ich leise.

Mein Abenteuer wird mich zum Gipfel tragen.

Wenn ich Lager 4 heute noch erreichte, war ich fast an der 7.000 Meter-Grenze. Dort begann bereits die Todeszone, wo ein längerer Aufenthalt nicht überlebt werden kann. Der weitere Weg bis zu über 9.500 Metern wird dann die größte Herausforderung darstellen.

Ein starker Absacker riss mich wieder aus den Gedanken. Löffelbruch machte mich bald taub mit seinem wilden Geschrei. Ich hielt ihn zwar schon immer für blass, aber so wie er nun aussah, war sein sonst üblicher Büro-Teint dagegen eine tiefe Sonnenbräune. Jetzt fing er auch noch an zu zappeln.

Wir kamen nicht wirklich höher, dabei war Lager 3 doch fast erreicht.

Der Pilot gab mir ein Zeichen, hier musste ich mich jetzt abseilen. Vorsichtig flog er näher an den Hallamabulah heran. Die Überreste von Lager 3 waren zwar noch etwas entfernt, aber ich würde es schon schaffen.

Unruhig baumelte das Seil, an dem ich hing. Der Helikopter näherte sich dem Berg. Nun durfte er nicht zu stark absacken, sonst würden wir einer Zukunft als Brei entgegensehen.

Die Rotoren auf Maximalstufe brachten noch mehr Dezibel hervor als Löffelbruchs Kehle. Dennoch hörte ich ihn vom Seil aus noch schreien und fluchen.

Die Schwierigkeit bestand für den Piloten, mich an einer geeigneten Stelle abzusetzen. Er entfernte sich wieder vom Berg und flog tiefer. Was sollte denn das?

Dann endlich - mit ruhigerer Fluglage - die Annäherung an einen Platz, wo ich mich niederlassen konnte.

Die Landung war hart, denn wir sackten noch einmal ab, kurz, bevor ich den Boden berührte. Ich blieb unverletzt und ließ das Seil los.

Der Hubschrauber entfernte sich und verlor an Höhe. Ich wusste nicht, ob er außer Kontrolle geriet oder sich bewusst für einen schnelleren Sinkflug entschied. Die Rotoren heulten auf, der Hubschrauber entfloh meinem Sichtfeld, das Geräusch würde gemächlich leiser. Es schien alles gut gegangen zu sein.

Nun hatte ich zwar genug Adrenalin, um sofort loszuziehen, allerdings noch Pudding in den Beinen.

Als ich mich umschaute, dachte ich zunächst, Schrödingers Hund weiter oben gesehen zu haben. Als ich wieder hinauf blickte, war da nichts.

5

Email von Otto Freiherr von Löffelbruch an seine Kanzlei: *sekretariat@loeffelbruch-anwalt.at*

Frau Frau sorry ich komm nicht auf den Namen,

sagen Sie bitte all meine Termine für die nächsten 3 Tage ab, mir geht es nicht gut, ich mir geht es ich mir nicht gut geht es.
Bereiten Sie eine Klage gegen Herrn Mammut vor, egal was... ich suche paar mögliche Paragraphen noch heraus suche ich heraus tu ich.

Bestellen Sie mir bitte einen neuen weißen Anzug weißen Anzug.

Otto Freibruch von Löffelbund

Gesendet von meinem Smartphone

*

6. April 2016 (Fortsetzung)

Lager 4.

6.900 Meter Höhe.

Fast geschafft.

Die letzten 500 Meter waren die anstrengensten und gefähr-lichsten der bisherigen Tour. Steile bröcklige Felsen, wenig sicherer Halt. Unter mir ging es in die Tiefe, dazu kalter bei-ßender Wind, der an mir herum schubste.

Auf dieser Höhe hatten weder Beben noch Lawinen sicht-bare Schäden hinterlassen. Es dunkelte und in der unter-gehenden Sonne stand das große Zelt unversehrt da. Es schien sogar zu strahlen.

Das war keine Einbildung, ein Lichtschein kam aus dem Inneren des Zeltes.

Wo Licht brennt, ist meist jemand Zuhause.

Dieses Lager hatte einen Bewohner.

Ich war nicht allein.

Einerseits fürchtete ich Konkurrenz und wusste nicht, wer mich dort erwartet, andererseits freute ich mich über Gesell-schaft.

*

»DRAUSSEN!!«

Ich wurde zur Begrüßung angebrüllt.

»RAUS! DRAUSSEN!!«

Ich starrte ihn irritiert an.

»GRAPEFRUIT!«

Im Zelt herrschte chaotische Unordnung. Es roch nach Schweiß und Furz.

»DRAUSSEN! GEHEN!! RUNTER!«

Hilfe, wo war ich hier hingeraten. Mit diesem Mann stimmte etwas nicht.

Zwischendurch schrie er immer wieder auf.

Seine Stirn glänzte, er lag vermutlich im Fieber.

Ich ging erst einmal wieder nach draußen an die frische Luft und überlegte, was zu tun war.

Ich kramte mein Handy hervor und wollte Hilfe anfordern.

Als ich das Display einschaltete, ploppte eine Kurznachricht auf.

»Dafür werden Sie bezahlen. MfG Löffelbruch.«

Eine Bewegung aus dem Blickwinkel ließ mich aufschauen.

In der Dämmerung kam jemand von oben herab auf das Zelt zu.

Zunächst blieb ich noch bewegungslos stehen, dann lief ich der Person entgegen, sie schien entkräftet zu sein.

Als wir uns gegenüber standen, freute sich der Mann. Ich half ihm ins Zelt, wo er sich ausruhen konnte.

»DRAUSSEN!«, wurden wir angebrüllt.

Erst im Licht des Zeltinneren, als der Mann sich von seinem Gepäck und der Kopfbedeckung löste, erkannte ich ihn:

Bernd!

Das war doch der gesellige Typ vom Basislager, der auf den ganzen Partys zugange war.

Ich erinnerte mich, wie er stets betonte, nur die Lageratmosphäre zu genießen, er wäre kein Bergsteiger.

Alles Tarnung! Bernd wollte genauso zum Hallamabulah wie ich!

Im Gegensatz zu mir schien er mich nicht sofort zuordnen zu können. Schwach erzählte er von den Problemen seines Weges und warum er von Lager 5 wieder umkehren musste.

Zusammengefasst: Das nächste Zwischenlager war von wilden Tieren besetzt und unbrauchbar geworden, auch anderweitiges Campen wäre dort zu gefährlich und unheimlich. Er bekam gesundheitliche Probleme.

Bernd betonte immer wieder, dass das, was da oben herrschte, eine ganz andere Welt war und mit normalem Bergsteigen nichts mehr gemein hat.

»GRAPEFRUIT! GRAPEFRUIT!«

Bernd kannte den Mann im Zelt schon vom Vortag und hatte bereits Hilfe angefordert. Bisher war niemand gekommen.

Nun brühen wir uns einen warmen Tee, wir müssen viel trinken, die kommende Nacht wird vermutlich laut und schlaflos.

*

7. April 2016

Ich hatte tief und fest geschlafen. Ob dieser Zeltinsasse laut oder leise war, konnte ich daher nicht sagen, zumindest war es jetzt still. Auch Bernd befand sich noch in festem Schlaf. Draußen begann es hell zu werden.

Ich verließ das Zelt und lief die Umgebung ab. Ein kalter scharfer Wind wehte, das Wetter sah aber gut aus. Kurz meinte ich, erneut Schrödingers Hund gesehen zu haben, dann war er wieder weg.

Ich schaute auf den Höhenmesser und stellte fest, dass wir über Nacht 40 Meter gestiegen waren. Natürlich nicht wirklich. Es bedeutete lediglich, dass der Luftdruck gefallen war. Das deutete auf schlechter werdendes Wetter hin. Kein gutes Zeichen.

418 hPa, nur ca. 40 % des Luftdrucks und Sauerstoffs im Vergleich zur Zivilisation. Man bemerkte es auch an schnellerer Erschöpfung, minderer Konzentration, vermehrten Kopfschmerzen sowie einem schlechteren Wohlbefinden. Es wird noch krasser in den nächsten Tagen. Bald werde ich meinen mitgeführten Sauerstoff einsetzen.

Schlagartig fiel mir die Höhenkrankheit ein, die nun als ernste Bedrohung mitläuft. Der Mann im Zelt könnte davon betroffen sein, er befand sich in Lebensgefahr. Hatte er überhaupt noch geatmet?

Ein schrecklicher Gedanke ging mir durch den Kopf, zumal es in der Nacht anscheinend sehr still war.

Ich verharrte noch einen Moment im Freien, atmete tief ein, dann traute ich mich langsam wieder ins Zelt.

Sehr friedlich und ruhig war es darin. Beide Männer gaben keinen Mucks von sich. Die Stille war erdrückend, auch der Wind schien zu pausieren. Ich konnte meinen Herzschlag hören.

Zuerst schaute ich auf Bernd. Der Brustkorb hob und senkte sich leicht. Weiter hinten, etwas mehr im Schatten, lag der Fremde. Ich konnte keine Bewegung ausmachen, näherte mich langsam und hoffte eine Atmung zu erkennen.

Nichts.

Ich stand vor ihm und beugte mich über ihn. Er lag bewegungslos friedlich da.

In der Stille hatte ich Angst, dass er vor mir aufschrecken und mich mit »GRAPEFRUIT!« anbrüllen würde.

Tat er aber nicht.

Er tat gar nichts mehr.

Ich fühlte keinen Puls.

Er hatte es nicht geschafft.

Ich koche nun Tee aus Schnee und würde Bernd gleich wecken.

*

Da saßen wir zwei harte Kerle vor dem Zelt und heulten eine Weile vor uns hin.

Wir wussten von der Gefahr. Jeder riskiert hier sein Leben.

Drei Höhenlager gibt es noch, bei Lager 7 ist vorerst Schluss. Dann kommt das eigene kleine Zelt zum Einsatz, gegebenenfalls auch vorher, falls es anderweitige Probleme geben wird oder wir eine Etappe nicht schaffen. Lager 5 scheint Bernds Schilderung zufolge problematisch zu sein.

Wir planten, gemeinsam bis zu Lager 6 zu ziehen, es liegt auf 8.100 Metern Höhe, somit waren heute 1.200 Höhenmeter zu bezwingen. Das mag machbar klingen, aber hier oben war es wesentlich anstrengender. In der Todeszone fühlen sich 100 Meter wie 500 an, alles ist erschöpfender - vor allem durch den geringen Sauerstoff. Gutes Vorankommen war heute wichtig. Von Schlechtwetter bemerkten wir trotz des gesunkenen Luftdrucks noch wenig, in den Bergen kann Wetter aber sehr intensiv und gemein umschlagen.

Erneut hatte ich Schrödingers Hund neben dem Zelt unseres Lager 4 gesehen. Ich wollte ihn Bernd zeigen, da war er bereits wieder entschwunden. Erlitt ich Wahnvorstellungen?

*

Ich hatte lange nicht mehr so viel gekeucht. Die Tour war hart, mein Kopf schmerzte. Offenbar trank ich auch zu wenig. Ich bezweifelte, dass wir über Lager 5 hinaus kommen würden, dunkle Wolken zogen auf. Unter uns eine Wolkenfront auf niedrigerer Höhe, doch auch über uns sah es nicht besser aus. Wir befanden uns in einer wolkenfreien Zwischenzone.

Noch.

Der Wind pfiff. Eiszapfen hingen an unseren Bärten. Die Sicht war noch gut.

Ich lobe mir meine John-Dogskin-Ausrüstung. Ich muss damit nicht frieren. Die neuartige Solarkleidung war genug aufgeladen und wärmte mich. Meist musste ich sie abstellen, da ich durch die Anstrengung genug schwitzte. Meine Hände und Füße waren sehr dankbar. Das brachte mich in wesentlichen Vorteil gegenüber Bernd.

Es dauerte nicht lange und wir mussten uns durch Nebelfronten und frischen Schneefall kämpfen.

Spaß war etwas anderes. In diesen Höhen, mit schlechtem Wetter und niedrigem Luftdruck, geht es nur noch um's Durchhalten und Überleben. Kräfte einteilen. Die Abstände unserer Rastpausen verkürzten sich drastisch. Es war kaum Energie zum Nachdenken da. Man nutzte die wenige Konzentration für den nächsten Schritt. Wir dachten nichts. Wir sprachen nicht. Wie durch eine gedankliche Kette zogen wir uns gegenseitig hochwärts.

Ich kann mich kaum an den Weg erinnern. Es wurde irgendwann dunkler und wir hörten Wolfsgeheul. Ich meinte, Schatten zu vernehmen und wurde schreckhaft.

Wir waren zu erschöpft, unkonzentriert und mussten für heute abbrechen. Wir fanden keine geeignete Stelle zum Campieren. Mit letzter Kraft gruben wir uns ein großes Loch in eine Ecke mit hohem festen Schnee. Es war unsere Schlafgrube, die wie ein Sarg anmutete, in dem wir hochkant die Nacht zu verbringen gedachten. Mit Mühe packten wir die Schlafsäcke aus und hüllten uns ein. Wir krochen wir in unser Schneeloch und wärmten einander.

»Du bist sehr warm, Reinhard.«

Ich wurde mir der Situation bewusst, dass ich mit Bernd zwangskuschelte und ein Schauer lief mir über den Rücken. Meine Kleidung wärmte mich. Davon durfte Bernd nichts wissen.

Ich wollte nur noch die Augen schließen und schlafen. Es war mir alles egal. Selbst die Gefahr, eingeschneit zu werden, kam in dem Moment nicht mehr zu mir durch.

»Reinhard?«

»Ja, Bernd?«

Kurze Stille, dann »Ach, nichts.«

Als ich kurz darauf wegnickte, vernahm ich noch ein letztes »Reinhard, schläfst du schon?«

Als ich erwachte, war es bereits hell.

*

Der 8. April war angebrochen.

Ich spürte mich kaum noch, alles war kalt. Die Sonne strahlte ins Gesicht und ließ mich niesen. Eiszapfen bröckelten dabei schmerzhaft von meinem Bart. Als ich mit der behandschuhten Hand drüber strich, brachen gefrorene Barthaare ab. Etwas bewegte sich sprunghaft aus unserem Schlafloch und wir verfügten über mehr Platz. Ich vermutete, dass wir vergangene Nacht noch zusätzliche Schlaf-gäste hatten: Rollhörnchen, die in diesen Höhen heimisch waren und sich gern an warmen Quellen wärmten. Sie galten als harmlos und werden mir in den nächsten Tagen vermutlich öfter begegnen. Wieder so ein Wesen, welches die Menschheit neuartig in dieser Bergregion vorfand.

Nun war auch Bernd wach. Wir krochen aus dem Loch und hatten keine Ahnung, wo wir uns befanden. Der Höhen-messer zeigte 7.400 Meter. Ich hoffte, wir hätten gestern mehr geschafft. Wieder Wolfsgeheul.

Wir kochten Tee. Es dauerte sehr lange, bis der Schnee im Kocher warm wurde.

Jetzt, während ich diese Zeilen schreibe, können wir ihn endlich trinken. Flüssigkeitszunahme ist extrem wichtig.

Ich fühle mich schwach, aber in diesen gefährlichen Regio-nen gilt es, schnellstens aufwärts zu kommen. Lager 6 ist heute Pflicht - mindestens!

Der Himmel hier oben ist ein ganz anderer. Ein sehr inten-sives Dunkelblau bis fast schon Schwarz, auch bei Sonnen-schein. Es ist dennoch hell. Der Bergschnee sowie die Atmo-sphäre unter uns reflektieren viel Licht und blenden enorm. Hier, wo die Luft sehr dünn ist und nur circa ein Drittel des Sauerstoffgehalts herrscht, sieht man im Himmel schon eher den dunklen Weltraum.

In der Luft glitzern Schneekristalle. Ich genieße dieses Schauspiel. In der Sonne wird mir schnell warm und die Solarzellen meiner John-Dogskin-Kleidung laden sich auf.

Zugleich wird mir jetzt erst bewusst, dass wir zu zweit zum Gipfel stürmen, ich aber einen Alleingang unternehmen wollte. Ich traue Bernd nicht und muss auf der Hut sein. Für die nächste Etappe ist er aber auf jeden Fall nützlich. Wir befinden uns vermutlich nahe Lager 5, sofern wir nicht zu weit vom Weg abgekommen sind.

Bernd hatte im unteren Lager Rätselhaftes über diesen Ort erzählt. Ich bin gespannt, was uns erwartet, wenn wir daran vorbei ziehen.

*

Wir kamen sehr spät los. Es war unglaublich, wie schnell das Wetter umschlug, ein Sturm wehte den Schnee von den Bergen auf und verschlechterte unsere Sicht. Neben dem Tiergejaule, meinte ich, das Ächzen von alten Bäumen zu hören, nur gab es hier keine. Mehrfach erschrak ich, weil Schatten vorbei huschten. Ich bekam Angst. Da das Atmen viel Kraft nahm, der Rachen brannte und mein Gepäck mich nahezu erdrückte, konnte ich kaum darüber nachdenken. Wir liefen einfach kraftlos weiter. Während der vielen Rastpausen blickten wir uns um, sahen aber nichts Auffälliges. Trieb unser Gehirn Schabernack? Sowohl der Kompass, als auch der Höhenmeter, spielten verrückt und schwankten. Dies deutete auf Störungen im Magnetismus sowie im Luftdruck hin. Verhielt sich der Hallamabulah in den Höhen anders, als die klassischen hohen Berge auf der Erde? Da der hallamabulahische Berg bis 8.600 Meter in der Vergangenheit bereits bezwungen wurde, und sich dort das letzte Hochlager befand, muss die Besteigung bis dahin auf jeden Fall möglich sein.

Tatsächlich erreichten wir Lager 5. Es schien alles normal. Nichts Außergewöhnlich. Weder davor, noch im Lager drin, als wir hinein schauten. Ebenso kaum Spuren von Tieren, bis auf ein wenig Rollhörnchenfell.

»Ich verstehe das nicht«, murmelte Bernd. »Ich habe mir das alles doch nicht eingebildet.«

Dunkle Schatten bewegten sich vor dem Zelt, wir zuckten zusammen und bekamen Angst. Da wir nicht auf das Laufen und Atmen konzentriert waren, bahnte sich nun die Furcht den Weg durch unsere Adern.

Ein Windstoß flatterte heftig am Zelteingang. Ich nahm leichten Schwefelgeruch wahr.

Wir verließen das Lager, sahen nichts Bedrohliches mehr und liefen weiter. Ich überlegte erst, einen Teil des Gepäcks da zu lassen, aber ich hatte bereits nur das Nötigste dabei, nichts war entbehrlich.

*

Sehr monoton ging es weiter: Schlechte Sicht und Schneetreiben. Immer mehr Schatten und das Jaulen wurde lauter. Dann eine Front aus vielen Wesen, welche durch die schlechte Sicht auch nur schemenhaft als Schatten erkennbar waren. Wir stoppten, eng und ängstlich beieinander. Ich vernahm ein Bellen und die Schemen verschwanden. Bernd meinte, einen Hund gesehen zu haben, der die Wesen vertrieb. War das etwa Schrödingers Quantenhund?

*

Vor uns tauchte eine sehr altertümliche Kirche auf. Hier oben auf den Bergen? Soweit oben? Undenkbar! Bernd und ich schauten uns fassungslos an. Das Portal war riesig und verschwand nach oben hin in nebligen Wolken. Es mutete nun eher wie eine Kathedrale an, mit vielen Verzierungen am Torbogen.

Das Tor war offen. Als wir darauf zugingen, sahen wir Schneetreiben dahinter. Ich konnte nun auch das Portal nicht mehr erblicken.

Ich schaute auf den Höhenmesser. Die Nadel schwankte, es ließ sich kein Wert ablesen. Das Gerät spielte verrückt.

»Die Palmen sind wieder verschwunden!«, meinte Bernd.

Welche Palmen?

Es war offensichtlich: Wir halluzinierten. Jeder sah etwas anderes. Wir beschlossen, auf der Stelle zu trinken und zu essen, wir mussten zu Kräften kommen.

Ich kramte Obst aus meinem gewärmten Dogskin-Rucksack, welches nicht gefroren war. Zwei Äpfel und eine Grapefruit. Vitamine für den Berg. In Gedenken an den Toten von Lager 4 entschied ich mich für die Grapefruit (das ganze Basislager war voll von den Dingern), schaffte aber nur die Hälfte, da ich keinen Hunger hatte.

Die Energie kam zurück, ich spürte wieder mehr Kraft. Ich hörte kein Jaulen mehr.

»Sie kommen wieder!« Bernd sprang auf und zeigte nach vorn. Ich sah nichts. Eindeutige Halluzination. Ob mein Obst tatsächlich so etwas wie ein Gegenmittel war? Hatten die Worte des Fremden von Lager 4 damit zu tun? Grapefruit?! Wollte er uns warnen und einen Tipp geben? Ich gab Bernd etwas von meiner Grapefruit ab. An der Luft begann sie bereits zu gefrieren. Gut so, denn meine wärmende Ausstattung sollte ein Geheimnis bleiben und nicht auffallen.

*

Der Weg und das Wetter normalisierten sich. Irgendwelche Magnetstörungen und Gase hatten unsere Geräte sowie den Verstand beeinflusst. Das war vorbei. Der Höhenmeter zeigte 7.900 Meter an. Meine Kraftreserven waren aufgebraucht. Die restlichen 200 Meter erschienen mir wie eine unüberwindbare Hürde, aber ich musste es schaffen.

Mehrfach fiel ich und kam immer schwerer auf die Beine. Bernd schien sich wacker zu schlagen. Aber auch er quälte sich.

Der Kopf schmerzte immer stärker. Ich kämpfte gegen die Müdigkeit, das Brennen im Rachen und eine sich anbahnende Ohnmacht.

Irgendwann erwachte ich im Schnee liegend. Ich weiß nicht, wie lange ich weggetreten war. Die Erschöpfung hatte mich niedergestreckt gehabt.

Ich kämpfte mich hoch, es war dunkler geworden. Bernd konnte ich nirgends erblicken. Neben mir lag meine Sauerstoffmaske. Ich wunderte mich, da ich den Sauerstoff einteilen und erst in höheren Lagen nutzen wollte, sonst reichte er nicht. Aufgrund des Tragegewichts ist der Sauerstoff knapp bemessen.

Mein Gepäck lag neben mir, obwohl ich es zuletzt auf dem Rücken hatte. Ich hob es auf und bemerkte, dass es leichter war. Besorgt schaute ich hinein.

Alle Sauerstoffflaschen waren weg! Ebenso von Bernd keine Spur! Er hatte mich beraubt und war allein weiter gestürmt! In meiner Ohnmacht hatte er mir wohl noch Sauerstoff zugeführt. Für sein Gewissen, mich nicht dem Tode auszusetzen...

Ohne den Sauerstoff war ich verloren und hätte nur noch absteigen können. Das wusste Bernd. Die Fortführung der Expedition war somit undenkbar! Das war's! Aus der Traum! Ich konnte es nicht fassen...

*

Die Wut hatte mich angespornt und ungeahnte Kraftreserven mobilisiert. Ich musste schnell zu Lager 6, ich brauchte Schutz und womöglich konnte ich Bernd dort stellen.

Das Wetter war mittlerweile derart schlecht, dass ich kaum sehen konnte und nach nur zehn Schritten immer wieder Rast einlegen musste. Es stürmte, es schneite, es hagelte. Der Wind pfiff und schubste von allen Seiten.

Ich hatte das Gefühl, keine Luft mehr zu bekommen. Mit letzter Kraft, im vehementen Kampf gegen den Wind und mit Gebrauch all meiner von Kindesbeinen an gelernten Flüche, baute ich an passender Stelle mein kleines Zelt auf. Ins nächste Hochlager würde ich es heute und unter diesen Umständen keinesfalls schaffen.

*

9. April 2016

Unglaublich! Ich erwachte zwar übermüdet und mit weiteren Kopfschmerzen, aber es herrschte Kaiserwetter. Die Sonne brannte. Der Himmel dunkelblau, wolkenlos. Alles still.

Auf dem Handydisplay eine überraschende SMS von meiner Frau: »Du bist wirklich da oben?«

Es dauerte eine Weile, bis ich schreckhaft realisierte, was gestern geschehen war! Ich wurde nicht nur der Sauerstoffflaschen, sondern meiner Mission, meinem Ziel, meinem Berg beraubt.

Schlimmer noch: Nun, wo gute Sicht herrscht, entdeckte ich vorhin Lager 6. Nur wenige Meter entfernt! Ich hatte nebenan gezeltet und mich gestern umsonst mit dem Zeltaufbau beim Sturm abgemüht!

In der Ferne sehe ich gerade einen dunkelroten Punkt, der sich bergaufwärts bewegte.

Bernd!

Ich muss sofort aufbrechen und die Notizen beenden.

Ich kann ihn einholen!

Ich treffe die schwerwiegende Entscheidung, mein kleines Zelt stehen zu lassen. Keine Zeit verlieren und unnötigen Ballast vermeiden.

Ich muss jetzt sehr schnell sein. Wenn ich Bernd nicht einhole, muss ich ohnehin zurück. Sollte ich ihn noch erwischen – und das werde ich! –, nehme ich dann *sein* Zelt...

*

Langsam nervt es. Zum dritten Mal musste ich meine Jacke runterfahren und neu starten.

Das kleine Display am rechten Ärmel zeigte mehrfach Fehlermeldungen. Über zwei kleine Buttons ist ein Reset möglich. Die winzige Recheneinheit startet dann neu. Ich will sichergehen, dass die Solarmodule Energie sammeln und die Heizvorrichtung funktioniert. Wenigstens etwas Komfort in der Todeszone.

Jetzt aber schnell weiter, ich bin heute besser bei Kräften und muss das nutzen. Die Wut spornt mich an!

*

Oft verlor ich den roten Punkt aus den Augen, fand ihn aber wieder. Ich kam bisher nicht näher. Bernd wird mich wahrscheinlich ebenso gesehen haben. Er nutzt vielleicht den Sauerstoff, ein klarer Vorteil. Verdammt!

*

Was für eine Schrecksekunde!
Ich wollte nur ein kleines Geschäft erledigen und bemerkte panisch, dass *mein Ding* weg war.
Nachdem ich mich langsam wieder beruhigte, stellte ich fest: Es war nur mein Bauchnabel. Ich hatte mich vergriffen. Dieser Berg macht mich fertig!

*

Das Wetter blieb den ganzen Tag sonnig und still. Viele Kristalle blinkten in der kalten Luft. Ich wundere mich über meine Kraft. Die Ereignisse und die Wut holen das Letzte aus mir heraus.
Wenn ich Bernd nicht einhole, ist alles verloren... der ganze Traum, die lange Vorbereitung, das viele Geld.
Und Kerstin würde sage: Ich wusste doch, dass du es nicht schaffst! Da fällt mir wieder ihre SMS ein. Witzig, dass ich ausgerechnet heute Probleme mit der Jacke habe und meine Frau vor drei Jahrzehnten kennenlernte, weil ich ohne Garderobenmarke meine Jacke nicht bekam. Zufall? Doch das ist jetzt Jacke wie Hose. Ich muss Bernd einholen, genug gerastet!

*

Das kann doch nicht wahr sein! Wieso ist dieser gerissene
Hund so schnell?

*

SMS von meinem Krematorium-Sponsor:
»Wir haben leider keine Antwort mehr erhalten. Bitte
senden Sie uns Ihren Bestattungswunsch, wir senden noch
einmal alle fünf Optionen. Wir gehen ansonsten davon aus,
dass Sie verstorben sind und wählen die erste Option.«
Elende Wirtschafts-Hunde! Immerhin war die erste Option
nicht die Billigste, aber versprach die beste Werbung für
diesen Verein.
Wütend tippte ich die Antwort ein:
»Option 6: Ich komme bald runter und versohle euch den
Hintern!«
Ich riss mich zusammen und löschte den Inhalt wieder.
Nicht reagieren. Abreagieren und Energie für den Aufstieg
nutzen. Meine rasende Wut spornt mich zu neuen ungeahn-
ten Kräften...

*

Langsam aber sicher geht mir die Puste aus! Es wird bald
dunkel! Und wieder muss ich meine Jacke neu starten...

*

Meine Ängste bestätigen sich: Die Jacke hat einen Bug. Blöde Elektronik! Ich werde mich auf kalte Nächte einstellen müssen. Mir juckt es in den Fingern, Flüche über die Klamotten niederzuschreiben, aber es geht um meinen Sponsor, ich halte mich daher zurück. Ich brülle es in den Berg hinein und verfluche Bernd gleich mit.

*

Er muss es gehört haben. Der Punkt hielt inne, bewegte sich danach aber umso schneller vorwärts. Es ist auch kein roter Punkt mehr, sondern viel eher ein Strich. Ich bin näher gekommen! Weiter geht's. Ich kriege ihn, darauf kann er sich gefasst machen...
Der kann was erleben...

6

Aus Evas Tagebuch, 2. April 2016:

»Ich sah heute erstmalig ein Rollhörnchen live. Bisher hatte ich von diesen geheimnisvollen Tieren nur gelesen, da sie sehr scheu sind. Ihre äußere Hülle erinnert an einen Strohbusch, der vom Windspiel holpernd, wehend und rollend durch Wüsten sowie Steppen hinweg gleitet. Unter ihrer ,Hülle' sind sie fellgepolstert und erinnern ein wenig an Eichhörnchen. Diese Kombination schützt sie vor eisigen starken Winden.
Wie eine große Kolonie sammeln sie sich vor allem nachts, um sich gegenseitig zu wärmen. Sie legen sich an alle warmen Quellen. Auch an Menschen, wenn sie schlafen. Ich finde es total faszinierend, dass diese scheuen Wesen genau wissen, wann sie beobachtet und wahrgenommen werden und wann nicht. Vielleicht habe ich noch das Glück, mal neben einem Rollhörnchen zu erwachen. Da sie als harmlos gelten, geht von ihnen keinerlei Gefahr aus.«

*

9. April 2016 (Fortsetzung)

Lager 7.

Der letzte Menschenposten am Hallamabulah. Ich sitze im Lagerzelt, so weit habe ich es auf meiner Tour also schon geschafft. Bis hierhin kamen nur die Härtesten.

8.600 Meter Höhe. Wahnsinn! Fast auf der Höhe des Mount Everest.

Ich komme mir etwas beschwippst vor. Der Sauerstoff geht immer noch reihum. Eva, Richard, Bernd, dann ich. Meine Kopfschmerzen schwinden. Wir lachen viel, fast als wären wir alle etwas »höhenbetrunken« vom künstlichen Sauerstoff. Ich kann sogar wieder schneller schreiben.

Wir alle sind stolz wie Bolle, den beschwerlichen Weg bis hier hoch geschafft zu haben. Diese Gesellschaft tut für den Moment gerade sehr gut. Es gibt Kraft.

Doch der Reihe nach. Sie mögen denken, Sie haben ein Kapitel überblättert oder - schlimmer noch - ich hätte meine Aufzeichnungen nicht sorgfältig geführt. Mitnichten!

Ich erkläre kurz, was passierte:

Trotz des verringerten Abstands hatte ich Bernd nicht mehr eingeholt, jedoch mit eintreffender Dunkelheit und letzter Kraft tatsächlich das oberste Höhenlager erreicht. Da saß er drin! Aus meiner Wut wurde Irritierung, als ich dort ebenso Eva und ihren Bruder Richard vorfand. Ich war perplex. Ich dachte zunächst, ich halluziniere und musste mich sammeln.

Indes wurde Bernd proaktiv und begrüßte mich herzlich. Ich verstand nicht, was vor sich ging.

Er erklärte mir, wie er mir nach meinem Ohnmachtssturz half und dass Richard - Evas Bruder - unter der Höhenkrankheit litt. Er benötigt dringend neuen Sauerstoff. Er musste rasch handeln, um zu helfen und hätte mir eine Nachricht auf einem Blatt Papier hinterlassen, ob ich diese denn nicht gelesen hätte.

Entkräftet, und mit dem wohligen Gefühl, unter Menschen zu sein, fiel ich allen nur noch in die Arme. Wieder in Raum und Zeit verortet, als wäre der Berg nicht mehr da, wenn ich ihn nicht sehe, als würde das Zelt woanders stehen. Als wären wir in der Zivilisation.

So viele Missverständnisse, so viel unnötiger Hass. Letztlich trieb dieser Hass mich bis hierher, das war der innere Raketenantrieb, ohne den ich es nicht bis Lager 7 geschafft hätte. Negative Energie in produktive Power ungewandelt. Ich überlegte mehrfach, ob ich träumte. Ob ich nicht gar schon tot sei. Ich packte Bernd an der Schulter, es fühlte sich echt an.

Dann noch Eva. Ich hatte sie seit unserer Erkundungstour nicht mehr gesehen. Sie wollte den Hallamabulah besteigen, so weit der Weg sie tragen würde, nicht unbedingt zum Gipfel. Sie war, trotz der Beben, noch dabei geblieben und weit gekommen. Ihren Bruder Richard lernte ich bereits kurz kennen, als er Eva zum Treffpunkt der ersten Erkundungstour brachte. Er war ebenso ein verkappter Bergsteiger und die gemeinsame Tour mit Eva war wohl von Anfang an geplant. Das Geschwisterpaar - sofern das stimmt - hatte sicher den kompletten Gipfelaufstieg fest im Fokus.

Richard ging es sehr schlecht. Er lag im Fieber, der Sauerstoff brachte nur geringe Linderung. Er war zwischenzeitlich geistig bei uns, dann wieder abwesend. Nun geht es ihm gerade etwas besser.

»Schreib nicht so viel«, sagt Eva und auch Bernd schielt immer mal auf meine Notizen. Ich ende für heute.

*

Es ist tiefe Nacht, ich liege wach. Meine Kleidung gibt wieder etwas Wärme ab.

Ich habe eine kleine Gasflamme entzündet, die anderen scheinen guten Schlaf zu haben. Gelegentlich stöhnt Richard im Fieber. Eva hatte sich vor dem Schlafengehen noch erbrochen. Auch in mir wuchs die Übelkeit und die Kopfschmerzen nahmen wieder zu. Ich hatte mich noch zum Essen gezwungen, obwohl ich den dritten Tag in Folge keinen Hunger hatte. Trotz des künstlichen Sauerstoffs spürte ich Atemnot, meine Lungen brannten dauerhaft. Hoffentlich geht alles gut. Nur Bernd scheint fit zu sein oder lässt sich nichts anmerken.

Die Zeit drängt. Der Aufenthalt in diesen Höhen kann nur wenige Tage überlebt werden. Genau genommen müsste ich am morgigen Tag schon den Gipfel erreichen und danach bereits absteigen. Illusorisch und unmöglich. Mein Überleben steht auf der Kippe. Soll ich es noch wagen? Ich wusste stets um das Risiko. Nicht ohne Grund hat es noch niemand zum Gipfel geschafft.

Mein Verstand ist wieder klarer und ich frage mich, was hier gespielt wird. Hatte Bernd mir nach meinem Sturz und der Erstversorgung mit Sauerstoff tatsächlich eine Nachricht hinterlassen, die ich übersehen habe? Oder verwehte sie der Wind? Handelt es sich bei Bernd, Richard und Eva um ein verschworenes Dreierteam zum Gipfelmarsch?

Sie glauben gar nicht, wie schwer es ist, sich in diesen Höhen noch zu konzentrieren, der ganze Körper arbeitet auf Sparflamme, gelegentlich meine ich Schemen zu sehen oder Stimmen zu hören. Jetzt ein Pfeifen, aber nur im linken Ohr. Tinitus.

Mir war die Gefährlichkeit des Bergsteigens bewusst, aber ich hatte sie dennoch unterschätzt. Nicht schlechtes Wetter oder Absturzgefahr waren das größte Problem, sondern das eigene Ich. Sowohl physisch als auch psychisch werden in diesen Höhen Grenzen überschritten, an denen man sich selbst zur Gefahr wird.

Vor dem Schlafengehen habe ich darüber nachgedacht, für die Truppe einkaufen zu gehen. So durcheinander war ich schon.

Ich sollte jetzt versuchen zu schlafen. Damit ich morgen beizeiten für alle frische Brötchen vom Bäcker holen kann. Im beengten Zelt legte ich mich an den Rand neben Eva. Ihre Nähe tut mir gut.

Gute Nacht.

*

10. April 2016

In der zeitigen Früh gab es etwas Unruhe und Ärger, was wohl an mir lag.

»Elender Lustmolch!« Eva war aufbrausend und schrie weitere Beleidigungen, die ich hier nicht wiedergeben möchte.

Das galt wohl mir. Glauben Sie mir, ich habe lediglich unruhig geträumt. An den Traum erinnere ich mich nicht mehr.

Bernd blickte mich ebenfalls böse von der Seite her an, schwieg aber.

Seitdem war keiner mehr eingeschlafen. Außer Richard, der nicht erwachte oder teilnahmslos war. Es ging ihm nicht gut. Wir stärkten uns mit Tee.

Letzte Nacht war ich noch kurz draußen gewesen. Es herrschten minus 30 Grad Celsius. Alles war still, so friedlich und ich erblickte den beeindruckendsten Sternenhimmel meines Lebens, ohne Lichtverschmutzung, ohne störende Atmosphäre, ohne Wolken. Alle Sternbilder drehten sich, aber mir war bewusst, dass mir einfach nur schwindlig war.

*

Endlich wurde eine Vernunftsentscheidung gefällt. Richard musste hinab! Er würde den heutigen Tag sonst nicht überleben, dessen waren wir uns alle bewusst.

Bernd entschloss sich, mit ihm abzusteigen. Ich wusste, dass ihn das ärgerte und welches Opfer er damit brachte.

Eva und mir ging es etwas besser, aber wir waren uns der gefährlichen Höhenkrankheit bewusst, für die wir bereits Anzeichen zeigten. Beide wollten wir weiter aufsteigen, der wenige Sauerstoff reichte aber nicht für uns Zwei. Ihrer war fast aufgebraucht, vor allem um ihren Bruder am Leben zu halten. Bernd nahm seinen eigenen Vorrat mit, um Richard und auch sich selbst weiter zu versorgen. Er drängte uns, ebenso abzusteigen. Wir hätten keine Chance, der weitere Aufstieg wäre reiner Selbstmord. Bernd wählte den Abstieg, vor allem Evas Bruder zuliebe. Es war sehr riskant, zumal Richard oft phantasierte und kurz vor der Bewusstlosigkeit stand. Ein unheimlich schwerer Abstieg.

Verwundert war ich über Eva, ihren Bruder Richard in fremde Obhut zu geben und sich für den Berg zu entscheiden. Auch wenn Bernd eine bessere Kondition hatte, den jungen Mann in Sicherheit zu bringen. Wie kalt und unberechenbar ist diese Frau?

Ich beobachtete sie. Als sie ihre Sachen zusammen packte und in den Rucksack sortierte, entdeckte ich in ihren Händen ein Notizbuch. Sie schrieb ebenso ihre Eindrücke nieder.

*

Sie mögen jetzt schlecht über mich denken und ich kann ihre Gedanken absolut nachvollziehen, aber diese Gelegenheit war einfach zu günstig! Evas Notizbuch barg womöglich Geheimnisse, die für mich entscheidend sein könnten! Vielleicht hängt sogar mein Leben davon ab und nicht nur die Gipfelbesteigung. Ich musste es tun!

Eva war außerhalb des Zeltes, um ihren Bruder zu verabschieden und die ersten Meter beim Abstieg der beiden Männer zu helfen.

Ich musste mich beeilen und schnell blättern.

Das meiste handelte von Flora und Fauna. Ich fand nichts Aussagekräftiges über Eva, ihre Ziele oder den Berg. Stattdessen viele Niederschriften und Zeichnungen über Bergblüten und Felsen.

Ich blätterte hastig weiter, übersprang dabei einige Seiten. Dann fand ich eine Textstelle, die meinen Blick lenkte:

»... mir pocht das Herz, wenn ich an ihn denke. Obwohl er mir recht fremd und älter ist, fühle ich mich unglaublich stark zu ihm hingezogen. Ich möchte ihn am liebsten fest an

mich drücken, ihn riechen (er riecht so gut!) und einfach bei
ihm sein. Ob er gut küssen kann? Trotz Bart? Es sollte eine
Bergtour werden und nun denke ich nur noch an ihn. Alles
andere ist zweitrangig geworden. Ich sehne mich so nach
ihm...«

Oh Eva...

Ich hörte auf zu atmen, mir wurde warm ums Herz. Nie hätte ich zu träumen gewagt, was sie für mich empfindet! Ich fühlte mich wie eine wohlige Wolke gepackt. Rosa, Blüten, Schmetterlinge und der ganze Mist.

Das musste ein Traum sein! Ich vergaß die Zeit und starrte eine Weile mit offenem Mund und lächelnd vor mich hin, als ich plötzlich Schritte hörte.

Schnell verstaute ich Evas Notizbuch. Gerade noch rechtzeitig, da kroch sie schon ins Innere. Ich schaute in ihr tränenverschmiertes Gesicht.

»Geht es?«, fragte ich.

Ihre Mundwinkel zitterten. Ich umarmte sie. Endlich waren wir beieinander. Sie wollte mich nicht mehr loslassen und schluchzte.

*

»Ich tanz doch nicht hier mit dir!«

Offenbar wollte Eva umkämpft werden und machte daher auf kühl. Ich mag das.

Die Idee eines Walzers, eng beieinander tanzend, fand ich gar nicht so schlecht. Wir standen mit gepackten Sachen vor dem Lager. Die Zeit dafür wäre noch gewesen.

Letztlich hatte sie Recht. Wir mussten unsere Kräfte in der Todeszone mit wenig Sauerstoff einteilen und uns auf den Berg konzentrieren.

Ich hätte nie gedacht, dass sich die Welt und die Priorität für mich so schnell ändern würden. Als ich Evas Zeilen in ihrem Tagebuch entdeckte, war nicht mehr der Berg das alleinige Ziel. Die drohende Einsamkeit verschwand. Eva war für mich keine Konkurrentin mehr. Wir werden es gemeinsam schaffen. Ich will mit ihr auf dem Gipfel stehen. Der Hallamabulah gehört uns beiden. Der Sauerstoff ist zwar zu knapp, aber es muss eine Möglichkeit geben, dass wir beide es schaffen!

Ich schlug ihr bereits verschiedene Möglichkeiten vor, wie wir es packen könnten. Eva war dabei stets ruhig. Sie hängt in Gedanken die ganze Zeit bei ihrem Bruder.

»Es wird schon alles gut gehen«, versuche ich ihr Trost zu spenden.

»Jetzt leg dein Notizbuch weg, wir müssen weiter«, mahnt sie mich.

»Hörst du nicht?« Sie kommt näher.

»Schreibst du das gerade echt alles so auf?« Sie beugt sich über mich.

»Ja.«

»Darf ich dann mal reinschauen?

»AUF KEINEN FALL!«

*

Wir zogen weiter gen Gipfel. Das letzte Höhenlager lag hinter uns. Zur Bergspitze gab es keine Zwischenstation mehr. Wir waren gänzlich auf uns gestellt. Mit Evas Zelt ließe sich an geeigneter Stelle noch campieren. Wir traten nun in Regionen vor, in denen bisher nur wenige Menschen wandelten, die es jedoch nicht zum Gipfel schafften. Sie mussten umkehren oder blieben verschollen. Wir näherten uns dem Gebiet, in dem wir die ersten Menschen sein würden.

Eigentlich müssten wir den Gipfel heute erreichen und wieder zu Lager 7 zurückkehren. Dies war nicht schaffbar. Einerseits lag noch ein weiter – und sogar der härteste – Weg vor uns. Andererseits war der Tag schon längst angebrochen. Ich wusste um das Risiko, einen weiteren Tag in diesen lebensgefährlichen Höhen zu verbringen. Unseren wenigen Sauerstoff mussten wir einteilen. Er war längst notwendig, wir versuchten die Nutzung so lang es ging noch hinauszuzögern. Nur in den Rastpausen atmeten wir kurzzeitig den künstlichen Sauerstoff. Mein Verstand schrie, dass es nicht reicht. Ich zeigte Eva meine Unsicherheit und Zweifel nicht. Es war fahrlässig von mir, ihr die Zuversicht zu geben, dass wir es zu zweit schaffen würden. Es war *mein* Wunsch, *mein* Wille. Ich wollte sie dabei haben. Den Moment mit ihr genießen, mit ihr Hand in Hand frisch verliebt da oben stehen.

Eva zeigte den ganzen Tag bereits Unsicherheiten, sie schien mit der Situation überfordert, aber vertraute auf meine Worte. Hätte ich gesagt, wir steigen ab, wäre sie mir ebenso gefolgt.

Die Route lief sie sicher, das war wichtig.

Ich ging bereits eine Weile voraus. Wie lange ich lief, konnte ich nicht sagen. Ich hatte kein Zeitgefühl mehr. Mein Denken setzte aus. Eine Nebelwand verkürzte unsere Sicht. Die Front zog vor einer Weile auf, ich wusste nicht, wie lange sie schon da war. Fünf Minuten? Eine Stunde? Die Zeit existierte nicht mehr.

Ich blickte immer zurück. Eva hielt das Tempo und den Abstand. Wir waren stets ca. 15 bis 20 Meter voneinander entfernt.

Wieder ein Flüstern, nah bei mir. Ich drehte mich um. Eva war nicht näher gekommen. Es muss der Wind gewesen sein, der mich narrte. Der wenige Sauerstoff befeuerte diese Fehlwahrnehmungen.

*

Aus Evas Tagebuch, 20. März 2016:

»Mich überrascht die Fülle im Basislager. Der Hallamabulah ist vollends im Massentourismus angekommen. Das Alleinreisen ist zwar bisher schön, aber bald würde ich Hilfe brauchen, die sich hier schnell findet. So gern ich allein die Hallamabulah-Region erkunden möchte und den Berg besteigen würde, so fahrlässig wäre dies. Aber mein Bruder kommt ja auch bald an.

Wenn wir erfahrene Leute finden, können wir mit ihnen zusammen den Gipfel besteigen. Ob wir es bis hoch schaffen? Es wäre ein Traum. Allein wäre es für uns nicht machbar, aber mit erfahreneren Bergsteigern im Team kann dies Wirklichkeit werden.

Die ruhsame Zeit am Basislager mit einigen Touren wird mir gut tun. Ich kann dabei mein Leben reflektieren. Zuviel war in den letzten Monaten passiert.«

*

Teufel auch! Meine Lungen brannten! Ein stechender Kopfschmerz war mein ständiger Begleiter. Der Weg von Rastpause zu Rastpause verkürzte sich immer mehr. Die Pausen dauerten inzwischen länger als der weitere Aufstieg. Ich war erschöpft. Zusätzlich raubte uns die höhere Steigung mehr Kraft. Es ging steil bergauf, die Hände kamen zum Einsatz. Der Altschnee war fest. Es bestand keine Rutsch- oder Lawinengefahr.

Ich krümmte mich kurz zusammen, mir schwindelte. Hatte ich ausreichend getrunken? Es fällt schwer, in diesen Höhen zu essen und zu trinken. Selbst wenn man es tut, bleibt nicht alles im Magen.

Ich schielte auf meinen Höhenmesser. Ich war enttäuscht. 8.820 Meter. Gefühlt waren wir sehr lange unterwegs und hatten nicht viel mehr als 200 Höhenmeter geschafft. Über 800 Meter in die Höhe lagen noch vor uns und es würde nicht leichter werden.

Ich fühlte mich so schwach, dass ich sofort hätte einschlafen können. Mit den Gedanken an Eva und den Berggipfel hielt ich mich warm und wach. Viel Denken war nicht möglich und für Liebelei in diesen Höhen keine Energie, aber es wurde zumindest Zeit, für etwas Zweisamkeit. Einen Kuss. Das würde uns Kraft geben und uns motivieren. Es würde prickeln und ein Genuss werden, wie ich ihn lange nicht mehr erlebt hatte. Ich fühlte die Schmetterlinge, wenn ich nur daran dachte. Etwas Schönes, in dieser unwirtlichen Gegend. Ich hatte mir die Tour wesentlich einfacher und nicht so kraftzehrend vorgestellt.

*

Aus Evas Tagebuch, 21. März 2016:

»Von Jung bis Alt sind hier sehr freundliche und gesprächige Leute da. Ich lernte heute den sympathischen Bernd kennen. Er führte mich etwas herum und wir durchtanzten die Nacht. Ich mag seinen Humor und seine Art. Er fasziniert mich auf eine gewisse Art und Weise.«

*

Sie fasziniert mich auf eine gewisse Art und Weise.
Ich erschrak, als ich Eva beim Umdrehen nicht sofort sah. Sie lag am Boden. Ich eilte zurück und hatte Angst, dass sie abrutscht. Mein Körper war die Bremse, ich kam nur schleppend zu ihr hin.
Eva war schnell wieder bei Bewusstsein. Wir rasteten ausführlicher und nutzten unseren Sauerstoffvorat für eine ganze Weile, bevor wir ihn wegpackten. Schlagartig machte sich die dünne Luft erneut negativ bemerkbar.

*

Aus Evas Tagebuch, 23. März 2016:

»Es ist bereits dunkel geworden. Gleich kommt mein Bruder an. Eigentlich wollte ich die letzte Möglichkeit des Alleinseins heute Abend für mich nutzen, aber ich sehnte mich nach Bernds Gesellschaft und war bis eben noch zur Après Ski Party. Ich wollte mich mit ihm unterhalten,

*zusammen lachen und tanzen. Leider grüßte er nur knapp,
weil er mit einer Gruppe zusammensaß und keine Zeit für
mich hatte. Er war sichtlich angetrunken und beachtete
mich kaum. Ich frage mich, warum mich das so enttäuscht?
Empfinde ich etwas für ihn? Ich kenne ihn kaum! Und ich
bin nicht hier, um mich zu verlieben.*

*Als ich an der Bar saß, kam so ein nerviger Typ an. Wie
hieß der gleich nochmal? Ach ja: Reinhard. Komischer
Kauz. Ich weiß nicht, was mich nach dem dritten Glas Wein
geritten hat, mich mit ihm zu einer Tour morgen zu ver-
abreden. Aber er scheint Ahnung zu haben und man merkt
ihm den Drive an. Er will unbedingt zum Gipfel und hat
sich wohl gut vorbereitet. Davon könnte ich profitieren.«*

*

Eva ging es sichtlich besser. Jetzt war der Moment, unsere
Liebe mit einem Kuss zu besiegeln. Ich schaute sie an und
rückte immer näher.

»Ist was?« fragte sie.

Ich lächelte sie nur an.

Sie blickte mich irritiert und fragend an, rutschte ein Stück
zurück.

Als ich mich weiter vorbeugen wollte, verlor ich das Gleichgewicht und stürzte auf sie.

Dann geschah es. Ich spürte ihren Leib, vergaß den Berg
und alles um mich herum. Mein Mund suchte sich den Weg
zu ihren Lippen. Es zählte die Liebe, nichts anderes existierte mehr.

*

Meine Wangen brannten und ich fühlte in den Rippen einen starken Schmerz.

»SAG MAL SPINNST DU?!?«

Woher diese Kraftreserven kamen, war mir zu dem Zeitpunkt unklar. Doch kaum, dass ich auf Eva gefallen war und mich in der Sehnsucht verlor, so schnell war ich zurück in der Realität, in der auf mich eingeprügelt wurde und ich die Welt nicht mehr verstand.

»WAS VERDAMMT NOCHMAL LÄUFT BEI DIR VERKEHRT?!«

Das Brüllen raubte ihr Kraft und endete im Hustenanfall. Sie krümmte sich.

Ich versuchte, mich aufzustützen.

Vorsichtig kroch ich auf Eva zu. »Aber wir lieben uns doch...«

Diesmal schaute sie mich mitleidig an und kramte kurz darauf den Sauerstoff aus dem Rucksack.

»Du fantasierst! Dieser Berg tut uns nicht gut.«

Das war der letzte gefestigte Satz von Eva. Dann brach sie in Tränen aus und war schwer zu verstehen.

Sie könne nicht mehr... sie hätte ihren Bruder im Stich gelassen... der blöde Berg... sie müsse zurück. All sowas.

Drama auf 8.850 Meter.

*

10. April 2016, abends

Es dunkelte langsam. Ich fühlte Kälte. Nicht von außen, sondern von innen.

Ich war wieder allein.

Einsam.

Meiner Träume und Illusionen beraubt.

War ich weggenickt? Ohnmächtig? Saß ich paar Stunden nur da? Ich kann es Ihnen nicht sagen. Ich erinnere mich kaum.

Mit aufkommender Dunkelheit war der Tag fast gelaufen. Zumindest vervollständige ich gerade das Tagebuch.

Der Höhenmesser zeigte immer noch 8.850 m. Jetzt erst wurde mir bewusst, dass ich bereits knapp über dem Mount Everest war, auch wenn diese Messgeräte mit steigender Höhe ungenauer werden.

Ein erster Sieg! Freude wollte dennoch nicht aufkommen.

Eva war abgestiegen, sie hatte mir den Großteil des Sauerstoffs überlassen und mir viel Glück gewünscht. Dieser Moment kam mir bereits wie eine Ewigkeit vor.

*

Ich erhob mich langsam. Allein diese Aktion kostete unheimlich viel Kraft. Ich band mir den Sauerstoff um, ohne ihn wird es nicht mehr gehen.

Ich muss es weiter nach oben schaffen. Es gibt keine Hoffnung und kein Ziel mehr, außer dem Gipfel.

Statt mich zu freuen, bis hierhin gekommen zu sein, stürmte die Verletztheit und Enttäuschung in mir.

98

Hätte ich Eva nur nie kennengelernt! Dabei bin ich dem Ziel so nah! Dennoch ärgerte ich mich, dass ich heute kaum Distanz schaffte und meine Kräfte bereits am Ende waren.

War Eva schon zurück in Lager 7? Oder bei Bernd und ihrem Bruder?

Diese Gedanken vereinnahmten mich. Ich musste Eva vergessen. Der Berg zählt.

Ich blickte nach oben. Der Nebel war längst verschwunden, ein dunkler Himmel schaute zu mir hinab.

Ich musste weiter.

*

Hinterrücks traf mich der Schlag.

Ganz unerwartet. Ich dachte bis dato nichts mehr, bestand nur noch aus einem Fortbewegungswesen, entkräftet und automatisiert, dennoch achtsam.

Und dann war dieser Gedanke da. Wie erstarrt blieb ich stehen. Der Wind umspielte mein Wesen, weit oben auf 8.950 Metern Höhe. Ich war nur ein kleiner Punkt in der riesigen Wucht des massiven Bergfels'. Kaum auszumachen, wenn man den Berg von oben betrachtete.

Ich meinte, mich selbst von oben zu sehen. Der kleine Punkt, der sich dem Gipfel näherte. Und dann der zweite Punkt, der rasch zu mir aufholte. Folgte mir jemand nach?

Kam zur Schwierigkeit der Bergbesteigung noch weitere Konkurrenz oder bildete ich mir das nur ein?

Da war dieser Gedanke, der mich packte:

War Bernd wieder auf dem Weg zum Gipfel? Würde er mich kurz vor dem Ziel überholen? Ausgeschlossen war es nicht. Entweder ließ er Eva allein mit ihrem Bruder absteigen oder Richard war verstorben. Aber dann hätte er Eva doch nicht allein gelassen. Oder hatte sie ihn womöglich noch gar nicht erreicht und er eilte bergauf, weil er Eva noch bei mir meinte?

Ein Stich im Kopf unterbrach meine Gedanken. Die Kopfschmerzen verstärkten sich.

Bald war es zu dunkel. Ich musste eine geeignete Stelle für das Zelt finden. Am schrägen Hang war es schwierig, ich musste weiter suchen.

Dann trafen mich zwei weitere Gedanken.

Eva liebte Bernd! Er hatte ebenso Bart und war älter als sie. Der Tagebucheintrag war gar nicht auf mich gemünzt gewesen, sondern Bernd.

Doch das war gerade völlig egal, denn mich packte die Panik wegen dem zweiten Gedanken:

Die Zeltplatzsuche war hinfällig. Ohne Zelt im Gepäck lässt sich auch keins aufbauen. Es war noch bei Eva im Rucksack.

Wir hatten beim Abscheid nicht daran gedacht, das war ein großer Fehler! Sie wundern sich vielleicht, wie man so etwas vergessen und übersehen kann? Aber versuchen Sie mal, in so dünner Luft und Erschöpfung noch klar zu denken. Der Körper ist an seiner maximalen Belastungsgrenze, diese Zone hat ihren Namen »Todeszone« zurecht erhalten. Hier kann man es nur für einige Stunden aushalten, der Tod läuft als drohender Begleiter mit und kann jederzeit zuschlagen. Selbst gute erfahrene Bergsteiger waren hier bereits verendet.

Nicht nur, dass ein weiterer Tag hier oben meine Überlebenschancen stark verringerte; ich konnte kein Zelt aufbauen und war verloren. Ungeschützt würde ich in der eisigen Kälte verenden. Der Abstieg zum letzten Höhenlager war im Dunkeln gefährlich und meine Kraftreserven waren aufgebraucht. Doch blieb eine Wahl?

Mein Projekt war gescheitert.

Der Traum nun wirklich vorbei.

Mein Leben hing am seidenen Faden.

Knapp unter 9.000 Metern musste ich aufgeben, obwohl ich dem Ziel schon so nah war...

*

Sommer 1999

Es war ein seltsamer Tag, an den ich da zurückdenken musste.

Nichtsahnend kam ich von Arbeit nach Hause. Es war zunächst alles wie immer.

»Essen steht in der Küche!«, brummte Kerstin von der Couch. Das war an den Donnerstagen so üblich, an denen ich viele Überstunden schob und erst spät Abend von Arbeit nach Hause kam. Ich schaufelte mir den Reis mit Hühnerfrikassee gleich kalt in den Mund, direkt aus dem Topf. Ich war hungrig und müde.

Danach schnappte ich mir die Zeitung und setzte mich auf die Couch. Irgendetwas war anders, ich konnte es zunächst nicht erklären. Kerstin schaute irgendeine Frauensendung und futterte Pralinen. In den letzten Jahren nahm sie selbst mehr und mehr die Form von gefüllten Pralinen an. Doch da war noch ein säuerlicher Geruch in der Luft. Bildete ich mir das nur ein?

Dann sah ich es. Kerstin nahm noch etwas anderes vom Couchtisch. Was sie sich da in den Mund steckte, war diesmal keine Praline, sondern eine kleine Gurke. Jetzt erst sah ich die Schale mit den sauren Gürkchen auf dem Tisch.

»Was'n?«, gab sie zurück, als ich darauf starrte.

Kerstin aß sonst nie saure Gurken.

»Bin schwanger«, entgegnete sie kühl und schaute weiter ihr Fernsehprogramm.

Schwanger? Das bedeutete...

Ich überlegte, wann wir den letzten Sex hatten. Ja, vor paar Wochen war da mal was...

Nun schaute sie mich wieder an und grinste.

Freute sie sich darüber? Freute ich mich darüber?

Das hieße, ich würde Vater werden. Ein Kind. Ein eigenes Kind. Das kam so überraschend, das Thema war bei mir gar nicht mehr präsent.

Kichernd warf sie mit einer Gurke nach mir.

Mir fiel sprachlos die Zeitung aus der Hand, sie rutschte auf den Boden. Parallel prallte die feuchte Gurke an mir ab und landete auf der Zeitung, wo sich ein nasser Fleck in Form eines Babys bildete.

7

Bergbestattung Stadler-Lehmann, interne Email vom 13. April 2016:

»Sehr geehrter Herr Lehmann,

auf wiederholtem Wege haben wir Herrn Mammut nicht erreicht. Er antwortete nicht mehr und zwischenzeitlich werden unsere Nachrichten auch gar nicht mehr ausgeliefert. Wir gehen daher von dem wahrscheinlichen Fall aus, dass Herr Mammut die Bergbesteigung nicht überlebt hat.

Wie Sie wissen, müssen wir noch 4 weitere Wochen warten, bis wir dies offiziell kundtun können. Dennoch habe ich die Werbekampagne vorbereitet. Anbei finden Sie drei Versionen. Die dritte Variante des Nachrufs wird die emotionalste Wirkung erzielen.

Leider haben wir von Herrn Mammut nur dieses eine Bild bekommen (»ich-reini5.jpg«). Das können wir nicht ernsthaft verwenden. Können wir bezüglich eines Bildes seine Frau kontaktieren? Unseres Wissens nach befanden sich die Mammuts inmitten eines Scheidungsverfahrens.

Freundliche Grüße,
Marion Zimmerreiter

PS: Konnten Sie bereits über meinen Urlaubsantrag schauen?«

*

10. April 2016 (Fortsetzung)

Ich war gescheitert. Ich stand allein im Dunkeln auf knapp neun Kilometer Höhe ohne Zelt bei frostigen -35 Grad, Tendenz weiter sinkend. Zu allem Überfluss wärmte John Dogskin nicht mehr. Die Akkus hatten sich tagsüber nicht aufgeladen, keine Chance. Mein Handy ließ sich nicht mehr einschalten, trotz viel restlicher Akkukapazität hatte es seinen Dienst inzwischen ebenfalls komplett eingestellt.
Ich war in jeglicher Hinsicht am Arsch.
Was hatte ich erwartet? Ich war recht planlos unterwegs, nur das Ziel vor Augen, zu wenig Strategie. Zu leichtsinnig hatte ich gedacht, dieses Mammutprojekt zu schaffen, an dem selbst Profis scheiterten. Es grenzte an ein Wunder, es überhaupt bis hierhin geschafft zu haben.
Letztlich war ich nur weggelaufen. Hatte ein unmögliches Ziel gesucht, um zu fliehen. Wem wollte ich etwas beweisen? Mir? Meiner Frau? Fremden?
Wie sollte es weiter gehen? Wie kam ich lebend wieder nach unten? Und wenn ich es schaffen sollte, was würde mich dort erwarten?
Die traurige Antwort: Nichts. Chaos. Scheidung. Einsamkeit. Mein eigentlicher Berg, der zu bezwingen wäre, war nicht der Hallamabulah, sondern die Neuausrichtung des weiteren Lebens.

*

Ich spürte Finger und Zehen schon lange nicht mehr, dennoch hatte ich das Gefühl zu schwitzen. Meine Kleidung wärmte aber nicht. Ich begann, mich auszuziehen, um mich in den Schnee legen zu können und abzukühlen. Diese Hitze...

Bei den Minusgraden war das ein untrügliches Zeichen, dass ich den Kampf gegen die Witterung verlor. Mein Körper schüttete Endorphine und Hitzewallungen aus. Ich begann mich glücklich zu fühlen. Ich wollte mit dem Berg »verschmelzen«, mich auf seiner Haut aus Schnee zu Bett legen.

Dann sah ich ein buntes Licht.

Feuerwerk. Leuchtrakete. SOS?

Es kam von unten. Ich hatte ebenso über eine Leuchtrakete verfügt, diese aber in einem Zwischenlager entbehrt, um Gepäck zu sparen. Hier oben konnte mir ohnehin keiner mehr helfen.

Die Natur hatte gesiegt. Ich war kein Wundermann in dieser lebensbedrohlichen Hölle.

*

Aus Evas Tagebuch, zwei Tage später:

»Auch heute kein Lebenszeichen von Reinhard. Er hätte längst abgestiegen sein müssen. Längeres Warten macht keinen Sinn mehr. Die Rettungskräfte waren einige Tage im Basislager im Einsatz und ziehen langsam wieder ab. Mein Bruder Richard war bereits mit dem Helikopter ins Krankenhaus geflogen worden. Sein Zustand ist weiterhin

sehr kritisch. Hoffentlich kommt er durch! Wir hatten in den letzten Tagen mehrfach Leuchtraketen zur Orientierung in den Himmel geschossen, falls Reinhard sich verirrt haben sollte.

Bernd hält immer wieder mit dem Feldstecher Ausschau. Wenn er mich danach ansieht, schüttelt er stets den Kopf. Reinhard, dieser verrückte Kerl, ist mit einer zu sorglosen Art hinauf gestiegen, die jeglicher Vernunft entbehrte.

Gab es nicht doch noch irgendwie Hoffnung?«

*

Ich sah den Hund und hielt inne. Schrödingers Quantenhund? Lange hatte ich ihn nicht erblickt. Er lief weg, ich sah ihn nicht mehr. Ich mobilisierte meine letzten Kräfte, spürte wieder die Kälte der Realität und quälte mich hinterher. Da bemerkte ich, dass ich fast nackt war und drückte meine Sachen an den Körper.

»Warte...« wollte ich rufen, doch aus der Kehle drang kein Laut. Durch die Sauerstoffmaske wäre ich ohnehin nicht zu hören gewesen. Mein Hals brannte.

Ich sah den Hund nicht mehr, nur noch rauen Fels. War dort eine Einbuchtung? Wie eine Höhle? Ich schleppte mich da hin, als ich dunkle Flecken vom Eingang wegrollen sah. Es dauerte eine Weile, bis es dämmerte: Rollhörnchen!

Mit letzter Kraft erreichte ich die kleine Höhle und brach zusammen. Kein Rollhörnchen würde mich wärmen, sie waren scheu und kämen erst, wenn ich nicht mehr bei Bewusstsein war. Vermutlich würde der Tod gleichzeitig mit meinem Schlaf eintreten. Ob ich noch schwitzte? Ich wusste es nicht mehr. Ich fühlte nichts mehr. Alles drehte sich.

Draußen zog plötzlich ein Sturm auf, der mich ohne den kleinen Höhlenschutz hinweggefegt hätte.

Dann sah ich die Sense.

Weiß leuchtend kam sie auf mich zu.

Nun komm schon. Ich habe keine Angst vor dir.

Doch sie drohte mir nur. Die Sense vollendete ihr Geschäft nicht. Sie baumelte nur über mir, diese gleißende Sichel.

Ein kurzer Gedankenfunke: Der Mond. Es war die Mondsichel, die über dem dunklen Firmament schwebte.

»Papi?«

Ich zuckte zusammen.

Im Nachtkleid stand sie vor mir. An den Umrissen, die der Mondschein von hinten warf, erkannte ich ihr rotes lockiges Haar. Ihr Gesicht blieb im Schatten.

»Josefin?«

Ich sprach in Gedanken.

Tränen kullerten aus meinen Augen. Sie erstarrten sofort zu Eis.

»JOSEFIN!«

Meine Tochter war zurück.

Wie lang war das jetzt her? Wie lang war sie bereits tot?

Sie hatte sich nicht verändert und sah aus, wie damals mit ihren 7 Jahren, bevor sie von uns ging.

Draußen funkelten die Sterne immer stärker. Sie begannen zu blenden. Alles schien trotz zunehmender Dunkelheit heller zu werden. Der Nachthimmel strahlte. Doch es war ein angenehmes Licht. Soviel Liebe kam daraus hervor und erwärmte mein Herz.

Ich war wieder mit meiner Tochter vereint. Mit ihr und den Sternen.

Nun wusste ich, dass sie da angekommen ist, wo sie immer hin wollte.

Sie war von Klein auf von den Sternen fasziniert. Eines Nachts hielten wir auf der Rückfahrt fernab von der Stadt auf einem Feld. Die Anzahl und Intensität der Sterne war erstaunlich, ohne die Lichtverschmutzung der Zivilisation.

Josefin war begeistert und wollte nicht mehr weg. Ihr Kopf klebte am Himmel, ihre Augen strahlten.

»Wenn ich tot bin, will ich auch ein Stern sein«, sprach sie völlig unerwartet.

»Sag nicht sowas!« entgegnete ich damals.

Nur zwei Wochen später riss ein betrunkener Autofahrer sie auf dem Fußweg aus dem Leben.

Alles geriet danach aus den Fugen, die Ehe wurde zum Hass und letzten Halt zugleich. Es dauerte viele Jahre, dies zu verarbeiten. Ich versteckte mich in die Arbeit, machte dabei zumindest gut Karriere.

Und ich verdrängte.

Ich verdrängte und ertränkte die Gedanken an sie und den Hass auf den Autofahrer, der uns unser Mädchen nahm. Vom Alkohol kam ich schnell wieder weg, im Gegensatz zu meiner Frau.

Ich verstand.

Ich verstehe.

Josefin ist nicht weg. Sie ist da. Hier. In einer anderen Welt. Zu einer anderen Zeit.

Zeit ist in uns. Wir können Sie nicht überholen oder zurückkehren, aber diese Zustände gibt es noch. Nur unerreichbar. In der Raumzeit gespeichert. Die Welt ist eine Wahrnehmung, sie findet ins uns selbst statt.

Ich nahm Bewegungen neben mir wahr. Kuschelte Josefin sich an mich? Von allen Seiten? Etwas stachelnd? Wie machte sie das nur?

Ich empfand Geborgenheit.

Ich sah die Lichter.

Akzeptanz.

Momente sind Wahrnehmungen, Welten sind Interpretationen.

Ich verdrängte nicht länger, ich akzeptierte.

Ich fand meinen Frieden wieder.

Noch nie fühlte ich mich so geborgen. Ich spürte das volle Glück. Es gab keine Vergangenheit, keine Zukunft. Es gab nur dieses schöne Gefühl.

Ich fiel in dieses Gefühl hinein. Ich verschmolz damit.

Ein Zustand.

Akzeptanz.

Liebe.

*

Evas Tagebuch, zwei Tage später:

»Er war wie besessen von dem Berg. So stark auf den Gipfel fixiert, dass er die vielen Gefahren übersah. Nun ist er mit ihm verschmolzen. Ich fühle mich so schuldig, weil ich ihn allein gelassen habe. Dabei gab es keine andere Möglichkeit. Ich war ihm blind gefolgt, weil ich durch die Sauerstoffarmut neben der Spur war und kurz vor dem Gipfel selbst nicht aufgeben wollte. Er hatte mich so stark für den Weiteraufstieg motiviert gehabt.
Ruhe in Frieden, lieber Reinhard.
Immerhin habe ich mit Bernd hier mein neues Glück gefunden. Wir packen unsere Sachen und reisen nach Hause.«

*

Ein lautes Geräusch riss mich in die Welt zurück. Ich musste mich orientieren. Fluchtartig rollten scheinbare dunkle Strohbüschel hinaus. Ich fiel zur Seite. Kalter Fels knallte gegen meine Wange.

Ich atmete tief ein, aber fühlte keine Luft. Ich riss die Atemmaske vom Gesicht. Dennoch kaum Sauerstoff zum Atmen.

War ich tot?

Der Himmel blutete.

Die Hölle?

Es dauerte eine Weile, bis ich aus der kleinen Höhle hervorkroch und auf grelle rot-orange Wolken blickte.

Nach einiger Zeit konnte ich mich besser orientieren und erinnern. Der Tag erwachte mit einem farbenprächtigen Himmelsspiel und einem himmelsprächtigen Farbenspiel.

Josefin war nachts da gewesen!

Ein Traum?

Delirium?

Sie war wieder verschwunden, aber ich fühlte sie tief in mir noch ganz nah.

Ich lebte offenbar.

Mein Kopf schmerzte, ich war kraftlos und meine Versuche, aufzustehen, scheiterten. Alles drehte sich.

Offenbar war es mir gelungen, den Kocher anzuschmeißen und Schnee zu schmelzen.

Ich lebte tatsächlich noch. Im Schutz der Höhle und der Rollhörnchen hatte ich die Nacht überstanden. Irgendwie.

Noch nie war ich so überrascht und sah es als ein so großes Geschenk an, in einen neuen Tag zu starten. Einen neuen

Tag leben zu können. So bunt im gefährlich rauen Grau des Berges.

Reichte es für den Abstieg?

*

So schnell änderten sich die Dinge. Mit Wasser und etwas Nahrung gekräftigt, nahm ich meine Umgebung wieder besser wahr, hatte jedoch starke Probleme wegen dem mangelnden Sauerstoff.

Ich verließ meinen Felsenschutz.

Als ich wieder draußen in der Natur stand, bemerkte ich, dass die Luft hier noch dünner war. In der höhligen Nachtunterkunft hatte sich mehr Sauerstoff konzentriert gehabt, als außerhalb.

Unweit von mir ragte ein grelles Orange aus dem Schnee. Es waren weniger als zehn Meter, doch ich benötigte eine Ewigkeit, um die Stelle zu erreichen.

Es brauchte nicht lang, um festzustellen, dass ich einen Toten gefunden hatte.

Einen, der aufbrach, den Hallamabulah zu besteigen und dessen Leben hier vor unbestimmter Zeit endete.

Mir wurde wieder mein Glück bewusst, die letzte Nacht überlebt zu haben. Neu geboren zu sein.

In dem Vorrat des Verstorbenen fand sich noch Sauerstoff und Nahrung!

Ich überlegte nicht. Ich funktionierte nur. Wie programmiert. Ohne nachzudenken. Überlegen ging nicht mehr.

Wie ein schwacher Roboter tankte ich mich mit dem Sauerstoff wieder auf. Nachdem es mir besser ging, fand ich mich auf dem weiteren Weg zum Gipfel wieder.

Was tat ich da eigentlich?

Ich hätte demütig absteigen sollen. Dankbar für das Leben und die neue Chance sein. Doch ich stieg wie automatisch nach oben. Mit reichlich Sauerstoff weiter die Todeszone hinauf. Ich befand mich bereits in der Stratosphäre.

Meine Lungen schmerzten. Die frische Kraft schon erschöpft.

Das Wetter war gut, die Sonne brannte.

Meine Kleidung lud sich laut Display endlich mit Wärme auf.

Allein der Blick auf den Höhenmesser kostete unheimlich viel Kraft.

Über 9.300 Meter.

Hatte ich tatsächlich schon so viel geschafft? Nur noch 300 Meter und ich war am Gipfel.

Freude? Ich fühlte irgendwie nichts. Ich existierte nur. Schritt für Schritt. Atmung für Atmung. Kämpfend gegen die Schwäche des Körpers. Unten wartete nichts auf mich, oben breitete der Gipfel die Arme für mich aus.

*

Das war's dann wohl. Meine letzten Kraftreserven waren trotz des vielen Sauerstoffs aufgebraucht, ich kämpfte gegen die anbahnende Ohnmacht. Der geringe Luftdruck schadete mir zunehmend.

Ich war zudem an eine Stelle gelangt, an der ich nicht weiter kam. Nicht nur, weil ich entkräftet war, sondern die Gegebenheiten des Berges unbezwingbar schienen. Der einzige machbare Weg zum Gipfelgrat führte über eine Art Schrägdach. Dieser Fels über mir war nicht zu erreichen. Selbst für einen erfahrenen Bergsteiger mit voller Kraft wäre es eine starke Herausforderung gewesen. Für mich entkräftet in dieser Situation nicht machbar.

Ich sah das ein.

Emotionslos.

»Vom Scheitern« ist auch ein schöner Buchtitel, wenn ich es noch ins Tal schaffen und meine Niederschriften jemals veröffentlichen sollte.

Ich hatte es bis hierhin geschafft, wo vielleicht noch nie ein Mensch gewesen war.

Reinhard Mammut, der einzige Mann, der es bis auf 9.450 Meter Höhe schaffte.

War das wichtig?

Irgendwie nicht.

Es begeisterte mich nicht.

Denn es änderte nichts.

Hatte ich dadurch jemanden, der auf mich wartete?

Nein.

Es ist egal, ob ich auf 7.000, 8.000, 9.450 oder 9.613 Metern auf dem Gipfel stehe. Es wäre nur meine Interpretation gewesen, die daraus etwas Wertvolles oder Wertloses gemacht hätte.

Ich fühlte nichts. Ich dachte nichts mehr.

Ich wollte mich in den Schnee fallen lassen.

Kraftlos.

Mutlos.

Hilflos.

Trotz der extremen Minusgrade brannte die Sonne unerbittlich. Mein Körper fühlte sich kalt und heiß zugleich an. Durch die Sackgasse des Felsdachs über mir, war es mit dem Aufstieg nun wirklich vorbei.

Ich stand nun im Schatten und wollte mich aufwärmen. Ich schaltete John Dogskin auf maximale Temperatur und aktivierte das leichte Gebläse. Es klappte erst beim zweiten Versuch. Ob das an meinen starren verkrampften Fingern oder der verbugten Kleidung lag, kann ich nicht sicher sagen.

Warme Luft bettete mich ein. Ein schöner Moment des Glücks, als wenn man in eine frische heiße Badewanne steigt. Schnell wurde es mir zuviel, doch dieses Gebläse ließ sich nicht mehr abstellen.

Es wurde immer heißer.

Mit der Zeit blähte sich meine Kleidung auf. Ich fühlte mich mehr und mehr wie das Michelin-Männchen, da die Luft durch die Dichtungen nicht entweichen konnte.

Ich spürte wieder etwas: Ungeduld und Wut über die Kleidung. Die Luftkammern waren maximal gefüllt und die Ventile verschlossen. Es wurde unerträglich heiß und sehr eng.

Ich fühlte mich fast schon schwerelos vor Hitze.

Als ich einige Schritte gehen wollte, zappelten meine Beine in der Luft.

Was passierte hier?

Ich blickte nach unten und bemerkte, wie der Boden sich weiter von mir entfernte. Ich hatte die Bodenhaftung verloren.

Schreckhaft blickte ich nach oben, mein Kopf näherte sich dem schrägen Felsen.

Ich war sprachlos.

Ich konnte diese Situation weder fassen noch durchdenken.

Mit den Händen stützte ich mich am oberen Felsen ab und bewegte mich daran entlang zum Felsrand.

Festhalten! Nicht ins All abdriften!

Ich war zum Heißluftballon geworden. Ich zog mich an der Kante nach oben empor, wobei ich durch den Auftrieb sehr viel Hilfe hatte.

Der leichteste Klimmzug meines Lebens fand in der Todeszone weit über neuntausend Meter über dem Meeresspiegel statt. Fast nur mit dem kleinen Finger.

»Neustart«, ging es mir durch den Kopf. Ich drückte »Reset« an meiner John-Dogskin-Kleidung und hatte kurz darauf wieder Bodenhaftung.

Es war nicht mehr steil. Ich lief den Grat entlang. 10 Meter wurden zu 100 Metern und 100 Meter wieder zu 10.

Es gab keine Zeit, ich fühlte sie nicht. Ich lief nur.

Rastete.

Lief.

Immer im Wechsel. Ich schaffte nur zwei Schritte.

Wieder rasten.

Erneut zwei Schritte.

*

Evas Tagebuch:

»Als wir in den letzten Tagen nach Reinhard Ausschau hielten, gab es eine seltsame Situation. Erst dachte Bernd, dass seine Augen ihn narrten. Als ich durch das Fernglas sah, erblickte ich es ebenso. Ein kleiner dunkler Punkt schwebte in Gipfelnähe neben dem Berg, als ob jemand einen Ballon steigen lassen würde.

‚Was verdammt nochmal treibt dieser Kerl?‘, dachten wir zunächst, doch diese Erscheinung machte keinen Sinn und konnte nicht mit Reinhard in Zusammenhang stehen.«

*

Es ging nicht weiter.

Ich hatte den Weg verloren.

Mit brennenden Lungen und stechendem Kopfschmerz schaute ich mich um. Es ging nirgends mehr aufwärts, in keiner Himmelsrichtung. Hatte ich mich verlaufen?

Ich stand da.

Über mir nur der Weltraum.

Unter mir die Welt.

Und ich begriff: Ich war da.

Ich war am Ziel.

Ich stand auf dem Gipfel des Hallamabulah. Dem derzeit höchsten Punkt der Erde. Ich hatte es wahrhaftig geschafft!

Aha.

Freude? Jubel?

Ich spürte nur Erschöpfung. Kämpfte um jeden Atemzug.

Vermisste meine tote Tochter.

War ich deswegen hier? Fühlte sich so das Ziel an?

Was hatte ich alles erlebt auf dem Weg nach oben. Fast war ich letzte Nacht sogar verstorben und nun stand ich hier oben. Allein.

8

Ein Tag später im Vatikan, zu Tisch.

Kardinal Schmöbrödel mühte sich mit seinem Steak ab. Es war ungewohnt zäh. Kraftvoll stieß er das Messer hinein und versuchte ein Stück davon abzuschneiden. Währenddessen neigte er sich zur Seite, dem Pontifex Maximus entgegen und flüsterte.

»Gerüchten ist zu vernehmen, dass Herr Mammut in den Bergen umkam. Kein Lebenszeichen mehr. Er gilt als vermisst.«

Er hatte nun das Stück Fleisch auf seiner Gabel, schob es sich genüsslich in den Mund und kaute darauf herum.

Papst Dominikus lächelte ihn milde an.

»Ich glaube an ihn. Der Herr beschützt ihn und er wird es schaffen. Wir sollten mehr Gottvertrauen haben.«

Schmöbrödel stieß mit der Gabel erneut ins Fleisch.

Das Thema war wieder vom Tisch.

*

Zuvor, Fortsetzung:

Allein auf dem Gipfel.

Unerwartet schaltete sich das Gebläse in meiner Kleidung wieder an. Ich wusste nicht, was ich drücken oder tun sollte, Ich brauchte lange, um überhaupt das Wort »Jacke« in meinen Verstand zu bekommen. Ich verlor erneut Bodenhaftung und schwebte ins All.

Ohne zu wissen, was ich tat, fummelte ich an der Kleidung, dann schaltete es sich ab und ich sank wieder nach unten. Obwohl ich recht sanft landete, fühlte es sich nach einem harten Aufprall an.

Ich kramte das Holz-Kruzifix aus dem Rucksack, um es aufzustellen. Es war zu Bruch gegangen.

Durch den Sturz eben? Ich war doch stets achtsam gewesen.

Ich legte das zerbrochene Kreuz in den Schnee.

Es war nur ein Symbol.

Wir geben einem Stück Holz Bedeutung. Das Holz selbst war das Gleiche geblieben.

Nur, weil es jetzt aus zwei Teilen bestand, musste es ja nicht seine Bedeutung verlieren.

Ich machte ein Foto.

Nun sollte ich schnell hinab, auch wenn ich mich am liebsten hingelegt und der Erschöpfung nachgegeben hätte.

Ich lief los.

Dann blickte ich noch einmal zurück.

Das war also der Gipfel. So unscheinbar.

9.613 Meter.

Dann sah ich das Kreuz. Es war dunkler, größer und wieder intakt. Wie war das möglich? Ein Wunder? Fantasierte ich?

Dann bemerkte ich den Irrtum:

Es war nicht mein Kreuz.

Das stellte ich schnell fest, als ich meine zwei halben Kreuze einige Meter weiter weg liegen sah.

Hier war bereits jemand anderes gewesen.

Vor mir.

Ich war nicht der Erste.

Es war mir egal.

Ich fühlte nichts.

Hinab.

*

Leere.

Stille.

Sonne.

Kälte.

Hitze.

Kraftlos.

Benommenheit.

Mehrfach war ich gestürzt.

Ich hatte das Gefühl, dass ich liegend besser atmen konnte. Die Gefahr, nie wieder aufzustehen, war zu groß. Meine Vernunft musste den Willen, sich hinzulegen und einzuschlafen, überwinden.

Ich war oben gewesen.

Ich hatte es geschafft. Und ich war nicht der Erste. Was fühlte ich dabei? Nicht wirklich viel. Weder große Freude, Stolz, noch Enttäuschung.

Mein Körper war auf Sparflamme.

Dennoch wusste ich, dass die Begegnung mit meiner Tochter im Delirium, die gemeinsame Zeit mit Eva und Bernd, dies alles irgendwie bewegender war als nur der Gipfel.

Wieder stürzte ich, kam jedoch nicht hoch.

Die Augen brannten, meine Sicht hatte sich trotz klaren Wetters eingetrübt. Nun bedrohte mich noch die Schneeblindheit. Meine Lungen schmerzten stärker, das Atmen war ein unglaublicher Kraftakt.

Ich war mir darüber im Klaren, dass ich es nicht schaffen würde. Auch ich würde Opfer des Hallamabulah werden. Zu lange war ich trotz Sauerstoff schon in der Todeszone, mein Körper kapitulierte, mein Wille ebenso.

Ungefähr 290 hPa betrug der Luftdruck hier oben. Im Tal sind 1.000 hPa normal, daran ist der menschliche Körper angepasst. Nicht an dieses Extrem.

Ich blieb liegen.

Alle Last fiel von mir.

Mein ehrgeiziges Ziel hatte mich zum Gipfel getragen.

Ich bereute nichts.

Eine Woge des Glücks überfiel mich.

Ein Gebell.

Ein Kläffen.

Moment mal.

Irgendetwas zog an meinem Körper.

Mit schwerer Kraft hob ich den Kopf.

Der Quantenhund! Unscharf sah ich seine Umrisse. Die nussbraunen Augen, das beige-farbene Fell.

Aber er hatte Recht, ich musste es noch einmal versuchen. Nicht aufgeben.

Mit den letzten Reserven, und nur dank der Aktivierung des John-Dogskin-Gebläses, konnte ich mich wieder erheben, war aber kaum in der Lage zu stehen. Wärme umfing mich und ich wurde wieder leichter. Die Welt drehte sich, mir schwindelte. Ich hatte diesmal das Ventil unter Kontrolle, um nicht abzuheben.

Ich wusste nicht mehr, wer ich war, wo ich hin wollte, wo ich her kam. Ich wusste nur: Runter!

Ich benötigte durch die viele Luft weniger Kraft.

Ich folgte dem Kläffen des Hundes, er führte mich.

Dann verlor ich Bodenkontakt. Ich hatte irgendetwas an der Jacke verstellt.

Zu schnell und zu weit war ich vom Boden entfernt, bewegte mich vom Berg weg.

Meine letzten Gedanken kreisten um das Ventil, womit ich John-Dogskin zu steuern gedachte. Bloß nicht hart auf den Boden aufschlagen.

Der Hund bellte.

*

Evas Tagebuch:

»Als wir alles gepackt hatten und eben zurück in die Zivilisation wollten, kramte Bernd doch noch einmal das Fernglas hervor.

‚Das hat doch keinen Sinn!' mahnte ich ihn.

‚Nur ein allerletztes Mal...'

Ich ließ ihn gewähren. Und dann, ganz unerwartet, schrie er plötzlich auf: ‚DA!!'«

*

Der Sauerstoff war alle, doch das war egal. Auf 5.500 Metern konnte ich auch so atmen!

Ich war noch erschöpft, aber wieder besser bei Verstand. Hatte ich tatsächlich so viel Weg zurückgelegt? Halb fliegend?

Ich konnte mich kaum an den Rückweg erinnern. Es waren jedoch Abgründe und Passagen dabei, die ich nur zu Fuß keinesfalls bewerkstelligt hätte. Dennoch war ich einige Male gestürzt, hatte Prellungen. Doch mein Begleiter, der Hund, trieb mich immer wieder an und führte mich. Ich verließ mich auf sein Gebell, da ich nicht mehr viel sah.

Das Wetter war umgeschlagen und sehr neblig. Seit einiger Zeit funktionierte die Schwebetechnik in der dickeren Luft nicht mehr, aber meine Beine, ich fühlte sie nicht mehr, liefen erbarmungslos weiter. Ich hatte das Gefühl, mich selbst dabei zu beobachten. Als ob mein Geist und mein Körper getrennte Einheiten wären und jeder Seins machte. War ich das, der da lief?

Lager 2 mussten wir bereits unterschritten haben.

Noch 500 Meter, dann waren wir schon bei Lager 1, weitere tausend Meter tiefer das rettende Basislager.

Ich folgte der bellenden Route des Hundes.

*

Lager 1! Unfassbar! Es wurde dunkel.

Ich schaute in das Zelt hinein, hörte aber beim Öffnen kein Geräusch, bis auf ein Pfeifen im Ohr, dann setzte der Schwindel wieder ein. Ich würde es heute noch ins Basislager schaffen. Jawoll!

Ein stechender Schmerz im Kopf. Schwärze umfing mein Blickfeld. Mein Bewusstsein entschwand...

Andernorts bei Kerstin Mammut Zuhause, 12. April 2016

»Ich habe das alles noch optimiert, wir werden den Rein-
hard ausquetschen, bis er keinen Cent mehr übrig hat!«
Otto Freiherr von Löffelbruch schlug mit der Faust auf den
Tisch und hielt Reinhards Frau den Kuli hin.
»Sie müssen nur noch hier unterschreiben!«
Eine Schweißperle lief dem Anwalt von der Stirn.
Kerstin zögerte.
»Ich weiß nicht. Das ist mir jetzt alles doch zu aggressiv
geworden. Reinhard ist in den Bergen wahrscheinlich
umgekommen. Das habe ich nicht gewollt. Ich habe doch
nie seinen Tod gewünscht!«
Kerstin vergrub die Hände in ihr Gesicht.

*

Als ich erwachte, fummelten Hände an mir herum. Jemand
drückte eine Maske an mein Gesicht.
»Er erwacht!«, hörte ich.
Wo war ich? Ich kannte diese Leute nicht. An der Kleidung
bemerkte ich schließlich, dass es sich um Rettungskräfte
handelte.
Mit dem Leben kam die Euphorie zurück. Ich war wieder
unten.
Ich war oben und wieder unten.
Ich hatte es geschafft.
Enttäuschend erinnerte ich mich, dass ich nicht der Erste
war.

Man stützte mich und legte mich auf eine Trage. Ich weiß nicht, wie lange ich bewusstlos war, aber offenbar waren die Helfer schon eine Weile bei mir.

Jetzt erst nahm ich den Hubschrauber wahr, dessen Rotoren zum Stillstand kamen. Darin würde man mich nun zurück in die Zivilisation bringen. Da, wo niemand auf mich wartete, außer Scheidungsärger.

*

Der Hubschrauber landete in einem nahegelegenen Krankenhaus. Ich war also wieder in der richtigen Welt.

Es führte beim Aussteigen zu einigen Diskussionen, aber ich legte wert darauf, mit eigenen Füßen auf dem Boden stehen zu können.

Ich wollte es fühlen.

Ich wollte die Erde unter mir fühlen.

So stand ich da und blickte auf den Eingang. Links und rechts henkelte man mich unter, damit ich nicht stürzte.

Ich war wieder in der Zivilisation, und doch fühlte ich mich einsam und allein.

Dann öffneten sich die Pforten und ich traute meinen Augen nicht.

Da standen sie, jubelten, winkten und riefen mir zu.

Eva, Bernd, Schrödinger und sein Hund.

Ich sackte vor Freude kurz zusammen.

Sie alle hatten auf mich gewartet?

Ich war voller Glück und Freude.

Sie kamen auf mich zugerannt und umarmten mich. Weinend lagen wir uns in den Armen, selbst einige Rettungskräfte bekamen feuchte Augen.

Das reine Glück war da.

Diese Menschen waren es. Nicht der Berg.

Diese Menschen waren mein Hallamabulah.

Das hatte ich nun erkannt.

Ich schämte mich meiner früheren bösen Gedanken, vor allem Bernd gegenüber.

*

14. April 2016

Jetzt liege ich hier im Krankenbett und habe mein Tagebuch vervollständigt.

Zuvor hatte ich den anderen schon alles berichtet. Was war das für ein unglaubliches Abenteuer!

Irritation gab es lediglich, als ich erzählte, dass Schrödingers Hund mich führte, denn dieser sei die ganze Zeit bei seinem Herrchen Mark gewesen.

Seltsam.

Ebenso seltsam, dass mir ein Tag fehlt. Ich dachte, ich wäre am 11. April am Gipfel gewesen und hätte es da bis ins 1. Höhenlager zurückgeschafft, wo ich zusammenbrach.

Jedoch hat man mich dort erst am 13. April aufgegriffen.

Mir fehlen ein bis zwei Tage. War ich in der Höhle oben in den Bergen oder in Lager 1 länger bewusstlos oder habe ich mich in den Aufzeichnungen nur verzettelt?

Dann gibt es noch eine weitere schlechte Nachricht:

Mein Fotoapparat (eine Cakon P60D) ist weg!

Ich bin mir sicher, die Kamera ständig dabei gehabt und bis zuletzt Bilder geschossen zu haben. Ich weiß nicht, wann sie mir abhandengekommen sein muss.

Meine ganzen Beweisbilder vom Gipfelaufstieg sind damit weg!

Nun muss dieser Bericht reichen.

*

Ich bin ein anderer Mensch geworden. Der Berg hat mich verändert. Während meines Marschs auf den Hallamabulah und zurück war ich durch mein Inneres gewandert.

Jetzt erst bin ich mir darüber bewusst, welch unglaubliches Glück ich dort oben hatte.

Nicht nur mit dem Wetter – ein Sturm kann sofort das Ende bedeuten –, sondern auch den rettenden Unterschlupfmöglichkeiten zur richtigen Zeit bei Lawinen, Stürmen und Kälte.

Ohne die Wärme der Rollhörnchen wäre ich ebenso verloren gewesen. Die höhere Sauerstoffkonzentration und der höhere Luftdruck in meiner letzten Nacht da oben in der Höhle, trugen ebenso zum Überleben bei.

Und nicht zu vergessen, der Tote, dessen Sauerstoff und Nahrung mich am Leben hielten.

Ohne den Bug meiner John-Dogskin-Kleidung hätte ich es nicht zum Gipfel geschafft.

Und das waren nur einige von vielen Faktoren. Allein jeder unkonzentrierte Fehltritt, falsche Schneeeinschätzung, Einbrüche in Eis... ich will gar nicht an all das denken.

Ich habe mich auf dem Weg selbst gefunden.

Ich begriff, der Hallamabulah war auch ich.

Der Reinhard, der abstieg, war ein anderer, als jener, der zum Berge aufbrach.

*

Ein Blumenstrauß, wie schön. Noch nie konnte ich mich zuvor über Blumen erfreuen. Darin eine Botschaft:
»Auch, wenn du nicht der Erste warst, du warst oben. Wir sind stolz auf dich! Eva & Bernd«
Tatsächlich hat bisher noch niemand die Erstbesteigung für sich beansprucht. Entweder tat es jemand stillschweigend oder – naheliegender – schaffte es nicht zurück ins Tal. Vielleicht war es sogar der Tote, den ich fand?
Während ich auf die Blumen starrte, ging mir plötzlich ein krasser Gedanke durch den Kopf.
Meine Augen weiteten sich und ich sprang auf...

*

Andernorts zur gleichen Zeit:

Torkelnd schleppte sich Kerstin vom Badezimmer zurück ins Wohnzimmer.

[Anmerkung: Folgender Absatz wurde von Kerstin Mammut vor Veröffentlichung korrigiert:]
In ihrer Wohnung sah es sehr ordentlich aus. Die zwei Weinflaschen waren verschlossen, sie hatte diese niemals angerührt und war – wie immer – noch stocknüchtern!

Sie griff zur Fernbedienung. Erst beim zweiten Versuch bekam sie das Gerät in die Finger.

Beim Einschalten erwischte Sie direkt die Nachrichten. Während sich alles um sie herum drehte, bekam sie noch halbwegs mit, dass im TV von ihrem Mann die Rede war. Er lebt. Er war auf dem Gipfel des Hallamabulah. Reinhard selbst sah man nicht. Nur alte unbrauchbare Bilder wurden eingeblendet. Er befinde sich im Krankenhaus und brauche noch Ruhe, sagte eine junge Blondine namens Eva. Ihre Stimme kam Kerstin vertraut vor.

*

»Beruhigen Sie sich!«, versuchte die Krankenschwester, mich aufzuhalten.

Doch ich rannte durch die Gänge und jubelte.

JAAAAA!

»Telefon, Telefon!« rief ich, während ich schnell nach einem Festnetzapparat suchte.

Dann wählte ich Evas Nummer. Drei Freizeichen erschienen wie eine Ewigkeit, dann nahm endlich jemand ab.

»Ich war der Erste!!«

Stille.

Danach: »Wie bitte? Reinhard, bist du's?«

»Ich war der Erste und so hoch wie niemand zuvor zu Fuß!«

»Ähm… Ich dachte, das wäre unwichtig? Warte mal, ich stelle auf laut.«

Ich hörte Bernd im Hintergrund und musste meine Gedanken noch einmal sammeln, dann erklärte ich es den beiden:

»Jemand war zwar vor mir auf dem Gipfel auf 9.613 Metern Höhe. ABER!«

Hier genoss ich die künstlerische Pause, atmete noch einmal tief durch.

»Durch das John-Dogskin-Gebläse und das verklemmte Ventil war ich am Gipfel nochmals ca. 10 bis 20 Meter abgehoben und darüber hinaus aufgestiegen.

Das bedeutet, ich war weiter oben als mein Vorgänger und die Spitze des Hallamabulah. Ich befand mich auf über 9.630 Metern Höhe. So hoch wie noch kein Bergsteiger zuvor!«

Ich hatte gesiegt.

Eine Krankenschwester lief an mir vorbei. Sie blickte mich verwundert an.

Ich grinste breit zurück, streckte meinen linken Arm in die Höhe, schwang meine Hüfte in Siegerpose und wackelte mit den Augenbrauen. Wahrscheinlich zwinkerte ich ihr sogar zu. Sie lief kopfschüttelnd weiter.

*

Meine Ex-Frau hatte mich überraschenderweise heute besucht. Sie war sehr besorgt. Ich hätte abgenommen und sie hätte nie gedacht, dass ich das tatsächlich durchziehe und sogar noch erfolgreich schaffe.

Sie sah mitgenommen aus und war froh, dass es mir gut ging.

Wir hatten nur kurz Zeit füreinander. Die ersten Journalisten und Kamerateams stürmten in das Zimmer...

9

Email vom 15. April 2016
Von: Martin Latzz (martin.latzz@talkshowmoderatorim-
fernsehentoll.de)
An: Marion Zimmerreiter (m.zimmerreiter@bergbestat-
tung-stadler-lehmann.tot)
Re: Mammut in der Talkshow

Sehr geehrte Frau Zimmerreiter,

entschuldigen Sie meine letzte etwas knappe Email mit der
Absage.
Ich freue mich, dass Sie ein großer Fan meiner Sendung
sind.
Wie ich hörte, hat der Herr Mammut sein Mammut-Projekt
(ein Wortspiel, verstehen Sie?) geschafft. Wir haben uns
daher überlegt, diesen Mann doch in unsere Sendung ein-
zuladen, ja sogar ein Exklusiv-Interview mit ihm durchzu-
führen.
In Zeiten sinkender Quoten müssen auch wir um unser
Überleben kämpfen und der Herr Mammut könnte ein ret-
tender Strohhalm sein.

Gern erwähnen wir Ihr Bestattungsunternehmen in der
Sendung. Können wir sonst noch etwas für Sie tun?
Bitte stellen Sie den Kontakt zu dem von Ihnen gespon-
serten Herrn Mammut her.

PS: Ich bin demnächst zufällig in Ihrer Stadt (wie hieß
diese?), wir können gern mal einen Kaffee zusammen trin-
ken gehen. An Ihrer Email merkte ich bereits, dass Sie eine
ganz besondere Frau sind. Ich würde Ihnen gern von

meiner eigenen Expeditionsreise von vor 15 Jahren vor-
schwärmen.

Hochachtungsvolle Grüße,
Martin Latzz
Sehr beliebter Fernsehmoderator der gleichnamigen Sen-
dung.

+++++++
**NEU: Doppel-ZZ. Das neue spannende Sendeformat
mit Martin Latzz. Am Tage ist er Moderator, und
des Nachts schlüpft er in seine Doppelrolle als ZZ
und klärt Verbrechen auf. Seien Sie von Anfang an
dabei. Sendestart im Mai 2016.**
+++++++

Wussten Sie, dass die Talkshow »Martin Latzz« zu den
beliebtesten Fernsehsendungen gehört?
Bitte denken Sie an die Umwelt. Nicht jede Email muss ausgedruckt werden. Wir senden Ihnen auf dem gesparten
Papier lieber eine Autogrammkarte.

*

Mai 2016

So viel und so gut hatte ich lange nicht mehr gespeist. Kauend betrachtete ich die Tafel, die ich größtenteils allein geleert hatte. Von Schweinshaxe bis Dessert gab es so viele unglaubliche Leckereien.

»Hat es Ihnen geschmeckt?«.

Martin Latzz schaute mich grinsend an. Er war selbst schon längst mit dem Essen fertig und hatte sich mit nur einem halben Teller begnügt. Er müsse auf seine Figur achten und so.

»Wir haben keine Kosten und Mühen gescheut. Sie haben sich das redlich verdient.«

Oh ja, das hatte ich! Die letzten Wochen legte ich bereits einige Kilo zu.

»Vielen Dank für die Einladung«, gab ich zurück und nahm den nächsten Happen in den Mund.

Dann schlug Latzz sein Notizbuch auf.

»Da können wir jetzt noch die Details für das Exklusiv-Interview klären«. Er kratzte sich dabei am Kopf.

Ich stand mampfend auf und winkte ab:

»Ich muss mich erstmal hinlegen, bin jetzt total müde.«

*

Juni 2016

Marion Zimmerreiter besuchte mich heute. Es war ein wochenlanger Kampf, bis ich endlich die zweite Hälfte des

Geldes von meinem Sponsor *Bergbestattung Stadler-Lehmann* erhielt. Diese war mir erst nach meiner erfolgreichen Rückkehr zugesagt worden. Offenbar hatte man sich dort verkalkuliert, weshalb ich dem Geld wochenlang hinterherrennen musste.

Frau Zimmerreiter verlor ihren Job.

»Aber das ist nicht schlimm!«, sagte sie. »Ich habe eine Zusage von John Dogskin und werde dort in das Marketing einsteigen. Ballonkleidung ist gerade der absolute Renner. Ich brauche ohnehin mal wieder etwas Lebendigeres.«

Obwohl das alles recht glücklich klang, machte die Dame einen traurigen Eindruck.

»Ist alles in Ordnung?«, fragte ich nach der Verabschiedung an der Tür.

»Ach, es ist nichts. Nur privat...«

Sie schaute nachdenklich auf den Boden, dann schritt sie zur Tür hinaus.

»Ihr Männer seid doch alle gleich!«

Mit einem Knall war meine Tür wieder verschlossen und ich fragte mich, was da wohl passiert war.

*

August 2016

Ich möchte ehrlich sein. Ich bin jetzt in psychiatrischer Behandlung. Der Ruhm tut mir nicht gut, behaupten alle.

Ich soll angeblich immer arroganter, abgehobener und selbstherrlicher aufgetreten sein. Haben die eigentlich eine Ahnung, wen die vor sich haben?!?

Nicht nur, dass man mir übel nahm, dass ich bei Latzz in der Talkshow mehrfach zwischendrin aufsprang und »Ich bin der Beste!« schrie. Und das, während andere Gäste redeten. Es äußerte sich angeblich auch bei der Privataudienz, die ich Papst Dominikus gab. Ich nahm ihn – nur zum Spaße – voll Freude in den Schwitzkasten und postete ein Selfie davon in den sozialen Netzwerken. Dies löste einen wahren Shitstorm aus. Sie kennen ja die Bilder.

Der Papst hat mir verziehen.

Latzz nicht.

*

Dezember 2016

Die Scheidung ist vom Tisch.

Ja, sie haben richtig gelesen!

Obwohl ich immer noch die Worte im Ohr habe, die es vor der Trennung bereits gab:

»Dich nimmt doch eh keiner mehr!«, lebte ich nun in einer ganz anderen Welt.

Meinen Physikerjob hing ich an den Nagel.

Ich zierte viele Magazin-Cover, reiste von einem Interview zum nächsten, gastierte in mehreren Talkshows und die ganze Fanpost war und ist nur durch meine neue Mitarbeiterin zu handhaben. Sie kennen sie: Eva.

Bernd indes organisiert die Reisevorträge, bei denen ich von meinem Abenteuer berichten werde.

Alles sehr zum Ärgernis von Kerstin.

Viele Menschen wollen mit mir zu tun haben.

Und nun will sie mich unbedingt zurück, obwohl ich gerade dabei bin, fettleibig zu werden. Zu königlich habe ich mich feiern lassen.

Dagegen hilft jetzt Sport.

»Das hältst du doch eh nicht lange durch!«, zetert Kerstin immerzu.

»Wenigstens ansehnliche Sportsachen hättest du dir kaufen können!«

Ich grinse nur in mich hinein. Der vertraute Alltag hat mich wieder.

*

Februar 2017

Es geschah am späten Abend.

Meine Frau stand in der Küche (nüchtern, wie ich an dieser Stelle betonen soll) und ich betrachtete auf der Couch den Stapel Zeitschriften, auf denen mein Konterfei, das inzwischen weltbekannte Anlitz, das Cover zierte. Ich zählte die Magazine dabei wieder und kam erneut auf 23.

Mit einem lauten Krachen wurde plötzlich die Wohnungstür eingeschlagen. Ich war gerade dabei, eine Zeitschrift wieder vorsichtig einzutüten, sie rutschte mir vor Schreck aus der Hand und das Cover riss ein.

Wir dachten sofort an einen Einbrecher oder Stalker.

Ein maskierter Mann drang ein, der mir trotz Tarnung irgendwie vertraut vorkam.

Hinter ihm drängte ein Kamerateam hinterher. Ein Galgenmikrofon wurde – für die Kamera unsichtbar – über den Kopf des Maskierten gehalten.

»Hier ist Doppel-ZZ! Hab ich dich, du Betrüger!«

Wir einigten uns später außergerichtlich.

Ich komme selbst für den Wohnungsschaden auf, dafür wird diese Sendefolge Doppel-ZZ nicht ausgestrahlt.

Wir wurden uns schnell einig, der Latzz ist ja doch ein grundsolider lieber Kerl.

Es handelte sich um ein Missverständnis. Der Vorwurf war, dass ich mir mein Abenteuer angeblich in Zusammenarbeit mit Ben Waldstein nur ausgedacht hätte.

SCHWACHSINN! Wie kommt man auf so einen Unsinn?

Ebenfalls wäre es sehr eigenartig, dass meine Cakon-Kamera mit den Beweisbildern spurlos verschwand. Doppel-ZZ ließ daher erfolglos nach ihr suchen.

Er spürte sogar Tschinga auf, der verneinte, mich überhaupt zu kennen.

Er befragte Mark Schrödinger, der nur stammelte: »Was sei denn schon echt? Er glaube nicht mehr an die klassische Realität.«

Seine Anfrage bei dem Anwalt Otto Freiherr von Löffelbruch blieb unbeantwortet.

Eva und Bernd bezeugten nach diesem ZZ-Vorfall und nach längerem Überreden schließlich die Echtheit meines Reise-berichts.

Auch die Rettungskräfte bestätigten, mich an Lager 1 ein-gesammelt zu haben.

Damit war ich aus dem Schneider und wir tranken einige Tage später ein Freundschaftsbier.

*

Sommer 2018

Heureka!

Nachdem Ben Waldstein durch meine Eskapaden zunächst Abstand von mir hielt und mich immer weiter vertröstete, erinnerte ich ihn an seine Pflicht.

Er hatte der Veröffentlichung meiner Tagebücher als Sponsor schließlich vertraglich zugesagt.

Ich drohte, sein Pseudonym aufzudecken. Alle Welt würde dann wissen, dass Stephen King nur noch seichte Bergabenteuer schreibt, weil ihm der Horror ausging.

Das zog! Wir trafen uns.

Als er meine Aufzeichnungen durchsah, schlug er die Hände über den Kopf zusammen, lief nervös auf und ab. »Niemals!«, rief er.

Kerstin hatte die rettende Idee, den Anwalt Löffelbruch zu ihm zu schicken. Der zögerte erst, obwohl sie ihm viel Geld bot (mein Geld, wohlgemerkt). Dann nahm er den Auftrag an. Er war ohnehin überzeugt, dass keiner »diesen Schund« lesen wird.

Das Tagebuch meiner abenteuerlichen Reise wird endlich veröffentlicht und jeder kann von der Gipfelbesteigung lesen.

Hach, wenn Oma Inge das wüsste.

Und ich?

Ich denke, ich habe bereits Ideen für ein neues Abenteuer. Auch wenn meine Frau sofort dagegen wettert.

Ich werde mal mit Latzz telefonieren. Was er wohl davon hält?

ENDE

Epilog & Nachwort

»Sie müssen bitte hier noch unterschreiben, Herr Waldstein.«

Otto Freiherr von Löffelbruch hielt mir den Vertrag unter die Nase. Er zitterte noch etwas.

Vor wenigen Minuten hatte er einen Panikanfall. Das geschah überraschend, als ich ihm den Coverentwurf zeigte und darauf ein Hubschrauber am Himmel zu sehen war.

Wir einigten uns, dass ich das Fluggerät vom Bild entferne.

Ich blätterte die Unterlagen durch.

»Was soll das?«, fragte ich.

»Hm?«

Ohne den Kopf zu senken, schielte der Anwalt durch seine Brille nach unten und folgte dem Zeig meines Fingers auf eine Stelle im Vertrag. Er war sehr angespannt, als ob er fürchtete, dass »irgendwas mit Hubschrauber« auftauchen könnte. Oder zog er mich über den Tisch?

»Ach das...«, begann er mit seinem wienerischen Akzent. »Nun, ich stehe im Zwiespalt. Sie müssen die Geschichte zwar veröffentlichen, aber ich bestehe darauf, dass meine Meinung am Ende des Buches mit abgedruckt wird. Obwohl diesen Schund ohnehin niemand lesen wird.«

Sie haben es gelesen. Das war Reinhards Tagebuch mit seinem Abenteuer zum Gipfel des Hallamabulah.

Otto Freiherr von Löffelbruch meint, dass Ähnlichkeiten mit lebenden Personen rein zufällig seien. Dies solle ich hier unbedingt betonen.

Eine Abenteuerparodie lebt ein Stück von Klischees der Realität, auch wenn es sich hier um Romanfiguren handelt, die ihren eigenen Charakter haben.

Keineswegs möchte dieser Roman reale Personen herabwürdigen.

Ganz im Gegenteil, ich respektiere viele große Leistungen. Ich widme dieses Buch sogar jenen, die in menschenfeindlichen Gebieten, wie den höchsten Bergen der Erde, erstmalig zum Gipfel vordrangen und/oder sich andere Dinge aufbauten.

Einige kehrten nie von ihren Expeditionen zurück.

Wie bewertet man solche hochriskanten Touren?

Wo zieht man die Grenze zwischen respektvollen (Erst-) Besteigungen und naturschädlichem Massentourismus?

Diese Antworten soll der Leser ganz für sich finden. Dies Büchlein gibt Anreize. Sie haben »gesehen«, welche Probleme auftreten und selbst die beste Vorbereitung reicht nicht, viel hängt vom Glück ab.

»Muss« alles gemacht werden, was möglich ist?

Der Mensch ist ein neugieriges Wesen. Nur dadurch ist unsere heutige Zivilisation mit all ihrer Technik erst entstanden.

Was treibt Menschen in die Weite, in die Höhe, in die Extreme?

Viele machen sich nicht nur wegen der Orte auf, sondern um sich dabei selbst zu entdecken, Seinserfahrungen zu erleben. Wie wir beim Protagonisten Reinhard gesehen haben, durchlebte dieser eine Wandlung und gewann einige Erkenntnisse. Vielleicht nehmen Sie, liebe Leser, etwas davon mit.

Es sind die Dinge um uns herum, die das Leben ausmachen. Diese können wir zum Teil selbst bestimmen. Die Schwierigkeit besteht darin, gewohnte Pfade und die Komfortzone zu verlassen. Nur dort wartet das Abenteuer, die Ungewissheit. An Reinhard haben wir gesehen, dass Menschen auch schnell wieder in ihre alten Muster zurückfallen. Und das trotz ihrer Erfahrungen und veränderten Lebenssituationen. Daher nicht verwunderlich, dass Reinhard sich bereits dem nächsten Abenteuer widmet...

Wo seine neuen Ziele hingehen könnten? Ich verrate Ihnen, was ich mitbekommen habe, aber hängen Sie es bitte noch nicht an die große Glocke.

Reinhard Mammut möchte als Weltraumtourist auf die Internationale Raumstation und träumt davon, beim Aufbau der orbitalen Mondstation dabei zu sein. Selbst den Martin Latzz hat er mit seiner Idee angesteckt, der daraus eine Fernsehdokumentation machen möchte.

Dass bei der Reise dieser beiden Männer in den Weltraum nicht alles wie geplant verlaufen wird, können Sie sich vorstellen. Alternativ soll es in die Tiefsee gehen.

Lassen Sie mich wissen, ob Sie an so einem oder ähnlichem Abenteuer interessiert sind. Je nachdem, wann Sie dies lesen, gibt es das besagte neue Buch vielleicht schon.

Wenn Ihnen die Geschichte im vorliegenden Roman gefallen hat, freue ich mich ebenso auf Feedback und Rezensionen. So können neue Leser darauf aufmerksam werden.

Ben Waldstein
Februar 2019

PS: Apropos Feedback: Neben Otto Freiherr von Löffelbruch sollen die anderen Figuren aus diesem Romen auf den nächsten Seiten ebenso zu Wort kommen.

»Ein Teufelskerl. Soviel Entschlossenheit habe ich noch nicht erlebt. Oder ist er einfach nur wahnsinnig?«
- Bernd Kummer

»Einer meiner interessantesten und verrücktesten Talkshowgäste bisher. Tolle Quoten!«
- Martin Latzz

»Ich kauf dem Reinhard diese ganze Geschichte einfach nicht ab!«
- Kerstin Mammut

»Ein wahrer Held, unser Reinhard! Er war wie besessen von dem Berg.«
- Eva Hausgrün

»Nigt gut!«
- Tschinga Yongoschar

»Wir haben immer an ihn geglaubt und waren stolzer Sponsor.«
- Marion Zimmerreiter

»Nur durch unsere Ausrüstung wurde dieses Abenteuer erst möglich.«
- Dr. John Dogskin

»Mit Gottes Schutz dem Himmel so nah wie keiner zuvor.«
- Papst Dominikus

»*Ich möchte damit nicht in Zusammenhang gebracht werden!*«
- *Kardinal Schmöbrödel*

»*Man weiß bei dem Kerl nie, ob er da oben eigentlich noch lebendig ist.*«
- *Mark Schrödinger*

»*Das ist lächerlich! Dieser Mann ist untragbar! Lesen Sie das NICHT!*«
- *Otto Freiherr von Löffelbruch*